回歸人心

極權臨近的香港文化經濟學

回歸人心

極權臨近的香港文化經濟學

許寶強

OXFORD
UNIVERSITY PRESS

Oxford University Press is a department of the University of Oxford. It furthers the University's objective of excellence in research, scholarship, and education by publishing worldwide. Oxford is a registered trade mark of Oxford University Press in the UK and in certain other countries

Published in Hong Kong by

Oxford University Press (China) Limited
39th Floor One Kowloon, 1 Wang Yuen Street, Kowloon Bay, Hong Kong

First Edition published in 2018

ISBN: 978-0-19-097472-5

回歸人心
極權臨近的香港文化經濟學

許寶強

Impression: 2

目　錄

前　言

中英政權移交已過了二十年，但對不少人來說，「人心未回歸」仍然是一個問題。所謂「未回歸」，指的是港人對中國缺乏認同，甚至抗拒；而所謂「人心」，大概就是「民眾的意願」。合在一起，表述的是香港的民眾迄今仍不願意認同中國。對此建基於國族認同的框架，並已逐漸成為公共論述中的常識的說法，我並沒有大太的興趣加以討論。然而，當中的兩個關鍵詞——「人心」與「回歸」，卻值得借題發揮，從一種更根本的視野，盤點我們的過去、思考我們的未來。

換另一個角度看，「人心」相對的，是「獸性」[1]。人跟其他動物最不同之處，是除了吃喝拉睡、勞動玩樂，還關注些物質生活以外的事情、超越本能的倫理價值。循此思路，「人心未回歸」可作兩種截然相反的解讀：一是人類的動物本能不斷膨脹，令「人性」無法回歸「宿主」；另一則是人類抗拒完全回歸「獸性」，堅持守護「人心」。

借用漢娜．阿倫特(Hannah Arendt)在《人的條件》(*The Human Condition*)中建立的概念、文化經濟學(cultural

1　「獸性」在這裏的意思，主要是吃喝拉睡等動物本能；而在領受了百多年殖民洗禮的當代香港，「獸」指涉的更多是被馴服了的「畜」。

economy)中有關「經濟化」(economization)的討論[2]，以及建基於精神分析和文化研究的情感轉向(affective turn)，本書嘗試分析香港過去二十年的情感經濟(affective economy)[3] 和文化政治(cultural politics)[4] 的轉變。儘管檢視的焦點在於過去二十年，尤其是雨傘運動前後的時段，但本文希望探討的兩種相反意義下的「人心未回歸」，其實應同時置放於更長的歷史脈絡中考察，尤其是探討自上世紀70–80年代在英美興起，繼而擴散全球影響中港的「新自由主義」文化大計。

本書將以近年在香港民間論述中常見的憂慮——一國兩制的消亡與威權或極權的興起——切入討論，循此進入最根本的問題：香港是否進入了卡爾．波蘭尼(Karl Polanyi)意義下的新一輪大轉型(great transformaton)，或Heinrich Geiselberger(2017)等作者所指的大倒退(great regression)？也就是來自政權、建制、資本家的力量，試圖改造(或強化過去逐漸形成)港人的主流文化生活和價值觀念，令只關注物質或狹隘經濟利益成為人生的唯一的目標，意圖徹底以動物本能取代「人心」。

與此同時，與威權或極權管治親和的「新自由主義」或「經濟化」文化大計，在嘗試滲透及改造民眾日常生活的過

2 有關「經濟化」的討論，可參閱Brown(2015)、Calıskan and Collon(2009; 2010)、Masumi(2014)。而文化經濟學則是揉合了政治經濟學和文化研究的理論視野。

3 這裏使用的「情感經濟」，參考自Sara Ahmed(2004：44–46)結合精神分析和馬克思政治經濟學的用法，把焦點放於情感的客體(objects of emotions)在社會及心理的場域的流動，而非側重及假設情感是源於「主體」(the subject)，又或以「主體」作為歸宿。

4 也就是意義的生產和流通所產生的政治效果。

程中，無可避免會遭遇民間社會的自我保護力量抵制。近年各式社會運動的興起擴大，包括保育自然生態、生活空間、歷史文物，追求平等公義、民主自由、尊重差異、獨立自主、人權大愛，恐怕正是「人心」不想「回歸」動物層次，又或民眾希望從「獸性」「回歸人心」的明證。

過去的二十年，逐步見證了漢娜．阿倫特所描述的極權主義，又或哈維爾(Václav Havel)所描述的後極權社會，似乎已在香港長出苗頭，具體的表現包括：

1. 文化生活及公共參與不斷被窄化為物質利益的附庸(也就是政治與道德的經濟化)；
2. 法律愈來愈被改造成統治者的工具，「法治」的意義也從 rule of law 轉化成 rule by law；
3. 謊言當道、社會撕裂，社會/民主運動的進一步碎片化，個體在希望稀缺的前景下，漸漸變得犬儒虛無，並從公共政治中隱退。

這些跡象自然值得憂慮，但卻並不是完全不可避免、無法逆轉。對香港的民間社會來說，更重要的是如何尋找方法，介入後雨傘時代的檢討、論述和實踐，以改變、塑造雨傘運動的長遠影響，抗拒(後)極權社會的來臨。

2014年的雨傘運動也許是「回歸人心」的一次大規模演練，它的長遠影響，正逐漸浮現。雨傘運動是一個經不同的社會力量相互爭持的動態過程，最終走向，依賴我們如何塑造。本書的書寫，可看作為其中一種介入實踐的嘗試。

本書分四部分，每部分由兩篇改寫自過去曾發表的文章組成。第一部分描述和分析一國兩制走向終結的歷史脈絡，也就是「新自由主義」或「經濟化」的文化大計在中港佔據統治共識的過程，埋下了極權主義的種子；第二部分借助重思上世紀初的法西斯主義文化政治危機，探討「新自由主義」或「經濟化」這文化大計所產生的深遠影響，包括威權管治的擴散與極權主義的臨近，具體表現為民主疲憊和文明倒退；第三部分討論近年香港的雙向運動(double movement)，也就是由上而下的「新自由主義」與由下而上的「本土主義」，探討當中的民粹式情感政治，如何反映及回應當代香港的社會危機；第四部分嘗試提出一個有別於民粹主義的思考，尋找更根本的社會自我保衛方向。

感謝牛津大學出版社林道群極有效率的編輯工作，讓這本書能夠於今年夏天出版。本書主要改寫自筆者過去發表於《明報》《端傳媒》《號外》《信報》《人間思想》《思想香港》《回歸二十年——香港精神的變易》(羅金義編)等報章、網媒、書刊的文章，感謝黎佩芬、楊焜庭、馮偉光(盧峰)、何錦源的仔細編輯工作。特別感謝許閱幫忙校對，找出不少錯別字，更感謝顏婷過去三十年共同生活中的支援扶持，讓我能專心研究寫作，謹以此小書作為回贈。

2018年夏

I

兩制終結　人心回歸

1. 舊的正死　新的未生

葛蘭西(Antonio Gramsci)寫於上世紀20–30年代的《獄中札記》，用「舊秩序正步向死亡，新世界仍未誕生」來形容當時的歐洲。他指出，在此明暗交替的過渡時期，社會上將不斷湧現各種令人不安的病態敗象。今天，隨着新自由主義文化大計的後遺症愈來愈清晰浮現，葛蘭西這著名的判斷，在世界各地再次被廣泛引用。是的，踏進二十一世紀，全球處處確實流露出上世紀初民主倒退、極權登場的蛛絲馬跡，政治上各種可怕的荒誕怪行也屢見不鮮。不過，由於歷史脈絡的差異，現代社會危機所呈現的內容和形式，與上世紀30年代葛蘭西所觀察的，還是有點不盡一樣。

對於葛蘭西的論斷，我們或許可以補充：當代社會的舊秩序確實正步向死亡，但「爛船仍有三斤釘」，既有的保守力量仍在一定程度產生影響，有時甚至可以左右大局；與此同時，新的世界儘管還未誕生成形，但種子確實經已撒下，幼苗正在成長。

民主疲憊　謊言當道

世界各地近年的政治、經濟、社會和文化變化，見證了各種病態敗象紛至沓來，包括社會兩極分化、民粹排外興起、自由多元萎縮、犬儒虛無泛濫。一個最明顯的當代危機，是阿帕杜萊(Appadurai 2017)所指的「民主疲憊」(democracy fatigue)，具體的表現是不少民眾選擇了特朗普(Donald Trump)、普京(Vladimir Putin)、莫迪(Narendra

Damodardas Modi)、埃爾多安(Recep Tayyip Erdoğan)、杜達(Andrzej Duda)、奧爾班(Viktor *Orban*)、杜特蒂(Rodrigo Duterte)等強權領袖，或向代表自由貿易及多元文化的歐盟說不。而香港最近的立會補選，亦看到了爭取民主的政治團體流失大量選票，民眾不太熱心於追求自由民主，從而導致威權專制的進一步坐大。換句話説，代表傳統自由民主價值的政治力量，失利於選戰，並非香港獨有，而是全球愈來愈普遍的現象。因此，倘若把本地「民主疲憊」的檢討工作，置放於更為廣闊的時空脈絡，或可有助我們超越過去不斷重複的狹窄視野，帶來新的啟示。

除了「民主疲憊」以外，另一種令人不安的癥候，是語言偽術成為常態，那怕是最荒謬的假話也能橫行無忌，以至有論者認為我們已進入「後真實社會」。謊言之所以大行其道，與當代的資本主義的內在矛盾有關。由跨國資本主導的世界經濟，愈來愈從民族國家政權手中奪去「經濟主權」(參閱Appadurai 2017)，與超越國界的資本親和甚至勾結的各地政府、政黨，大多不願也無能於真正改善國內民眾生計。但他們仍需要一定的認受，於是代議政體試圖哄騙選民，開出各式不會兑現的競選承諾；一黨專政的則加強監控維穩管治，力圖打壓民眾的不滿聲音。而不論是代議政體或一黨專政，都會採用拒外排他的恐懼政治或民族愛國的妒恨情感(詳見第三部分的分析)，轉移視線，取消其不願或無能力真正解決資源與兩極分化、民不聊生的問題。儘管活於專制統治下的民眾並不愚昧，但長期浸淫於不斷製造貧富懸殊、政治不公，以至孕育恐懼、焦慮、虛無、妒恨等集體情緒，在容易令人覺得無力的體制及情感氛圍下，犬儒地接受謊言，投向建制，又或妒恨滿懷，熱切於把自身的不幸或祈望，往外在的他者或愛國主義投注，也就不難理解。而活於代議政體的中低層民眾，則往往失望於缺乏真正選擇——候選人或多或少都接受新自由主義文化大計下的價值和政策——的選舉遊戲，拒絕重複過去的投票慣性，出現「民主疲憊」的心態，最終影響各種選舉結果，亦有跡可循。

香港既受壓於中共政權的專政，又面對半吊子代議選舉下缺乏選擇的困局，再加上「經濟主權」的脆弱，在這種多重困局的社會脈絡下，選戰的成敗，或票數的多寡，究竟還意味着些甚麼？香港的泛民於立會補選失票，真的是由於公關策略失效，又或無法以論述、文宣、洗樓、握手、「蛇齋餅糭」[1]、「地區工作」吸引選民？還是無法或不願像親資本政權般開出根本兌現不了的競選承諾？抑或已對恐懼或妒恨的政治已感到無能為力？這些是民主運動應檢討的方向嗎？它指向的是怎樣的一條出路？

另一種對當代香港「民主疲憊」的反思，認為愈來愈多的中港民眾不滿歐美的自由民主政體，無力解決當代社會的種種危機，因而更願意接受威權專政，祈望高度集權能更有效處理社會矛盾、解決民生問題，甚至走出一條不同於「西方」資本主義或「新自由主義」的出路。這種觀點並非無的放矢，確實捕捉了在「極端的年代」，民眾容易放棄自由

1 「蛇齋餅糭」當中的「蛇」是指蛇宴；「齋」是指齋宴；「餅」是指中秋節的月餅及農曆新年的年糕；「糭」是指端午節的糭子。在香港，這四樣東西都是用來借代民建聯、工聯會等建制派以小恩小惠討好選民，以換取選民的鐵票，以增加他們的政治籌碼。

民主政體、擁抱集權專政的情感狀態。然而，對「西方式」的自由民主的揚棄，能否引領出一條不同於資本主義或「新自由主義」的道路，卻頗成疑問。如果說以抗拒「西方」而建立合法性的中共「社會主義」政權，早已接上資本主義世界體系的歷史軌道，而「西方」的自由民主政體，也日漸在「新自由主義」文化大計的統識下，愈來愈靠近民粹威權的專政，再加上經歷了跨國資本數十年的經濟統合和文化洗禮，各地的企業、政權、民眾已逐漸混成你中有我我中有你的狀態，那麼所謂中國vs西方、「社會主義」vs「資本主義」的分析框架，恐怕難以成立。在這樣的脈絡下，我們或許需要跳出簡單的國族視野和冷戰框架，重新思考中港關係與當代的民主危機。

一國兩制的消亡，或歷史資本主義的勝利

對不少港人來說，2017年北京人大常委會的「一言九鼎」，是壓在「香港法治」這駱駝身上的最後一根稻草；而釋法DQ(disqualified)、修改立會議事規程，則是廢去民選立法議員武功的重藥。經受對司法和立法權力的雙重打擊，剩下的是特區政府的行政獨大，或北京政權逐步落實對香港的「全面管治」。於是，我們不難理解，為甚麼「一國兩制已死」的論斷，會在越來越多人的心目中發酵。

依據一般的想法，「一國兩制已死」大概是指香港的「資本主義」制度，已被中共的「社會主義」制度取代，剩下「一國一制」。這種說法對了一半，但也同時錯了一半。對的是：現在確實只有「一國一制」，由中共全面主導或管

治；但錯了的則是：剩下的一制並非是「社會主義」，而是「資本主義」。換句話説，是以香港為代表的「資本主義」制度、運作邏輯、文化大計，消滅了源自馬恩列毛的共產主義/社會主義革命遺產和制度想像，而非相反。循此思路，由「一國兩制」走向「一國一制」的過程，其實並不是由近年開始，亦非始於1997年的政權轉移，而是早於1980年代的「改革開放」(甚或1950年代的「超英趕美」？)，當中國以「經濟發展」作為「硬道理」時，已埋下了種子。

要理解上述有點偏離一般港人常識的判斷，我們需要回到甚麼是「資本主義」和「社會主義」這些根本的問題。與流行的看法相反，只要看一看十九世紀歐洲的東印度公司、當代美國的「資訊/知識產業」(如微軟)，以至香港的地產銀行、燃料電力、交通運輸、超市商場，就不難明白，「資本主義」從來都不是經濟理論中的「自由市場」，而是一種由大企業(往往透過勾結政權)主導的壟斷遊戲。其依據的是「大富翁」(Monopoly)的勝者全取、貧者愈貧、富者愈富的兩極法則；而只需想想過去英國的圈地運動、今天香港的重建拆遷強拍條例，也容易理解「資本主義」並不太尊重「私有產權」。如果要簡單扼要地界定甚麼才是歷史和當代存在的資本主義的性質，壟斷的經濟與社會結構，加上不斷積累資本/金錢的運作邏輯，比「私人產權」、「自由市場」等陳腔濫調的理論教條，要精準得多。引用這個把資本主義理解為一種源起於十三、十四世紀歐洲的歷史制度及過程的視角(historical capitalism)[2]，我們不難發現，儘管1997年後香港

2 這視野的經典著作包括Fernand Braudel的 *Civilization and Capitalism*

政府的管治形式確實逐漸改變，大企業的產業與地域構成亦今非昔比，市場監控與運作、產權規管及保障也有所更新，然而本地的基本政治經濟結構和運作邏輯，仍然是以大企業(加政府的威權管治)主導，並鼓勵資本/金錢的不斷積累，甚至有變本加厲之勢。從這角度來說，「資本主義」五十年不變，確實仍未過時。變了的，其實是「兩制」的另一端。

歷史上存在過或仍然存在的「社會主義」，其特色是政治權力集中，但卻非政治或經濟學教條所指的「集體所有」或「平均主義」。在缺乏言論、出版和新聞自由，又沒有獨立於政權的司法與立法系統，不管是名義上叫「國營」或「集體」，大企業領導能夠行使的權力與獲得的利益，往往比「資本主義」地區中的私人股東還要大、還要多，因此更接近完全擁有「私人產權」。此外，這些實存的「社會主義」政權，也不太執著於平等分配、讓工人當家作主等價值原則，社會中的資源和權力分配的實際差異，例如城市vs農村、高官國企vs平民小販，往往十分巨大。循此思路，當這些政治和經濟結構高度壟斷的實存「社會主義」政權，明目張膽地採納經濟增長掛帥、鼓勵資本不斷積累的邏輯時，也就是正式確認其已轉向歷史資本主義的洪流。見證了二十一世紀中國的經濟增長速度全球最快、富豪數量增長全球最多、企業/政權壟斷程度越來越高，以至公然趕絕「低端人口」時，我們理所當然要問的是：一國兩制中的「社會主義」，還真的存在嗎？

15th–18th Century(三卷)和Immanuel Wallerstein的 *The Modern World-System*(四卷).

如果一國一制的來臨，並非是中共消滅了香港的資本主義制度，而是以更壟斷、更有利於權貴不斷積累資本的強勢，併合加固又同時極化了香港的資本主義制度，削弱民間對壟斷資本擴張(例如各種大白象工程)的抗拒和監督，消滅不斷積累金錢以外的其他價值(例如民主自由)，那麼我們需要擔心的，也許不是「馬照跑舞照跳」的諾言不保，而是肆虐全球的資本主義壟斷遊戲和積累邏輯，真的會在五十年甚或更長的時間，於香港和中國，保持不變，或變本加厲。

超越國族冷戰

面對新時代的一國一制，本地社會有兩種值得討論的回應。其一是回到國族矛盾的框架，追求排外(中)獨立，希望由一國轉化為兩國；另一是重歸冷戰的意識形態，把中港矛盾仍然理解為教條化了的「社會主義」vs「資本主義」或「東方(特殊)狀況」vs「西方(普世)價值」二元對立，抗拒「一國」就等同反對「集體所有」、「平均主義」(平等價值)、「中國文明」，支持「兩制」則表示守護「私有財產」、「自由市場」、「西方(普世)價值」。然而，如果中港其實早已各自加入了歷史資本主義的陣營，參與壟斷遊戲和崇尚資本積累邏輯，並逐漸融合成一制，那麼形式上是一國或是兩國，恐怕都不會改變社會貧富兩極分化、金錢獨大價值單一、民主自由備受壓抑等發展趨勢；倘若既存的「社會主義」其實也不重視平等共享，而是強調「經濟發展是硬道理」、鼓吹人跟人的競爭、打壓多元生活參與，所依據的，其實也是一種「歷史資本主義」的壟斷和積累邏輯，差別只在五十與百步之間，那麼所謂堅持兩制以保衛「私有財產」和「自由市場」，又或是批評「抗拒中共」等同放棄無產階級、平等價值而「投向美帝/資本」，也只能是一種自欺的虛妄。

在一國兩制終結的時代，要保衛香港普羅百姓的福祉和自由，需要的恐怕不是訴諸「資本主義」五十年不變的承諾，而是嘗試在全球(包括中國)已捲進「大富翁」遊戲的社會脈絡下，尋找壟斷和金錢積累之外的另類生活和價值。當中一項首要的工作，是有效地回應並掃除各種阻礙我們尋找這些可能性的社會和文化力量，包括反思和超越那些遮蔽或轉移根本問題的語言概念。

要反思超越遮蔽或轉移根本問題的語言概念，需要脫離表象或形式，進入「尋根扣問」(radical questioning)的過程。Radical的拉丁詞源*radix*，意指root，也就是根本、徹底、深入，questioning則是思考、探究和學習的起點和過程。「尋根扣問」就是嘗試從根本上扣連(articulate)、理解和解決問題，包括釐清甚麼是或不是「國家」，甚麼是或不是「社會主義」和「資本主義」，以至深入探問我們真正想要的是否「一國兩制」？「一國兩制」又是甚麼？要怎樣的「產權」、「市場」、「計劃」、「經濟」？甚麼是「產權」、「市場」、「計劃」、「經濟」？是否需要「平等」、「自由」、「人權」、「民主」、「金錢」？甚麼是「平等」、「自由」、「人權」、「民主」、「金錢」？要怎樣的「司法」、「行政」、「立法」機制？甚麼是「司法」、「行政」、「立法」？

置身這個歷史資本主義無遠弗屆的脈絡，面對「一國」以更徹底和強大的壟斷和積累法則壓境，借助「尋根扣問」的方法，投進徹底而深入的思考、探究和學習過程，也許能夠在看似「別無選擇」的年代，另覓蹊徑，協助我們尋找另類生活和價值，校正未來的願景和抗爭方向。其中一種具體進路，是重讀已被「共產政權」實質地離棄了的馬克思，以更好地理解歷史資本主義和另類社會的可能性；另一種可能的反思，則可透過釐清民主運動的終極社會願景，並以此為基礎，嘗試校正社會自我保護的方向。

在「災難的年代」再臨前重讀馬克思

已故的英國歷史學者霍布斯鮑姆(Eric Hobsbawm)，把其世界史四部曲中的最後一卷，命名為「極端的年代」(Age of Extremes)，描述的是短二十世紀(1914–1991)的歷史。書中的第一部分叫「災難的年代」(Age of Catastrophe)，描述了歐洲兩次大戰其間的經歷，見證了法西斯和納粹的興起與滅亡。

二十一世紀初似乎又有跡象顯示，我們又開始踏進另一個極端的年代。像二十世紀初一樣的災難會否重臨？儘管大規模戰爭與經濟大衰退仍未出現，但經受了自上世紀80年代開始的新自由主義文化大計三十多年的洗禮，全球各地的經濟與政治資源越來越兩極分化，大量人口在「資本主義」發展大計下失去土地家園，金融化下工作與生活的不穩性亦愈來愈高，年青一代在高度壟斷、勝者全取的資本主義遊戲下失卻希望，極權或排外的右翼政治則乘勢而起，還得加上生態危機亦迫在門楣。這種種似乎都預示了，上世紀的災難年代，並非完全不會重臨。而這些走向災難的勢頭，恐怕與1989年後被認為已「獨領風騷」的資本主義脫離不了關係。

霍布斯鮑姆筆下的「災難年代」之所以出現，近因是社會兩極分化、世界經濟陷入周期性的危機。然而，更深遠的源頭，則植根於受經濟自由主義(類似今天的新自由主義)主宰的資本主義。正如波蘭尼(Karl Polanyi 1944/1957)指出，在經濟自由主義這狂熱教條推動下，越來越多的民眾於急促的「市場化」浪潮下流離失所，金錢與土地則備受「商品化」的壓力，導致社會生活與經濟活動的風險日增，最終令支撐十九世紀歐洲的「百年和平」文明，在二十世紀初逐漸分崩離析。

由於災難的源頭來自受放任不干預教條主宰的資本主義，因此，對災難的各種回應，自然都針對鼓吹放任的資本主義意識形態和制度。於是，短二十世紀最活躍的幾種社會或政治力量，包括法西斯/納粹、社會主義/共產主義、凱恩斯/羅斯福新政，其共通之處，是對放任資本主義的徹底否定。

戰爭與法西斯/納粹往往成為了二十世紀上半葉歷史書寫的主角，但霍布斯鮑姆提醒我們，這年代還同時見證了各式社會主義/共產主義的勃興與擴散。從1917年蘇俄的十月革命，到1949年中共掌權；或從高度集權的斯大林主義，到與自由主義相對親和的北歐民主社會主義，短二十世紀均見證了其興盛與危機。

2017年是蘇俄革命一百週年，但蘇聯卻不是第一個由信奉馬思克或社會主義的政權統治的國家。二十世紀第一個十年，澳洲出現了首個民選上台的社會主義政權(澳洲工黨)。然而，十月革命對短二十世紀以至未來的影響，自然遠大於澳洲工黨的首次執政。蘇共接掌俄國政權後，成立第三國際，對世界的社會主義革命的影響力急促上升，至二十世紀中期，全球約三分之一的人口，均活於依據列寧創立的共產黨組織模式的統治之下。直到1989年蘇聯東歐集團解體後，十月革命的餘波，仍至少覆蓋了全球約五分之一的人口(主要在中國)。

1989年的「蘇東波」後，有一種說法認為歷史已然終結，除資本主義外已別無選擇，馬克思思想或社會主義/共產主義只剩下供人憑弔的價值。然而，這種說法，不僅誤讀了馬克思，同時也錯誤地理解社會主義/共產主義的歷史及當代影響。

如果要尋找全球最多人談論，但卻最少人閱讀的思想家，馬克思一定名列前茅。馬克思的著作之所以少人閱讀，也許並非由於他的書寫特別艱深，而大概是因為「多人談論」。與一樣具開拓性的同世代思想家尼采和弗洛伊德比較，曾長期為報刊雜誌撰寫政論時評的馬克思，他的不少著作，其實相對平易近人、條理分明。然而，蘇聯與中國的「共產主義」革命，及隨之而來的「東西方」冷戰，逐步把馬克思的思想簡化，變成一系列的教條，在政權和大眾媒體推動下廣泛傳播，以至有關「共產主義」、「資本主義」和「馬克思主義」的陳腔濫調和固執定見，充斥市面，也就消滅了認真閱讀和理解其思想的動機。因為，答案是好奇心和問題的殺手，自以為已完全懂得「共產主義」、「資本主義」和「馬克思主義」是甚麼，缺乏對馬克思的好奇心，誰還願意仔細讀一讀《共產黨宣言》和《資本論》？

如果我們認同，二十世紀的歷史，真的説明大規模的社會主義實驗確實是失敗了，剩下福山或戴卓爾夫人所謂的資本主義外別無他選，那只能印證馬克思思想於當代世界的相干性(relevance)，更甚於從前。因為，馬克思終其一生是一個致力於研究和批判資本主義的思想家，他的最主要著作，包括一百五十年前出版的《資本論》，歸根究底都是針對資本主義，而非提出或描繪社會主義或共產主義的計劃或藍圖。換句話説，馬克思的真正身份，是一個資本主義的研究生，而非社會主義或共產主義的代言人。

更何況，歷史其實並沒有終結。社會主義或共產主義的實驗，到今天還沒有徹底完結，其產生的各種正負的歷史後果，仍然在世界不同角落以不同形式繼續影響人類社會。例如，當代北歐和西歐的社會民主主義政府和政策，對保障當地民眾的社會權益福利仍然舉足輕重；或各種規模較少，帶點無政府主義味道的共產公社，也仍然存活於全球的各個角落；甚至是基本上已轉向資本主義的當代中國，至今仍保留着一些「社會主義時代」的遺產，包括部份農村社會的合作社傳統，也包括列寧式的集中而嚴密的共產黨組織。

馬克思的視野和方法

不記得是誰説過，紀念一位我們尊重的人物的最好方式，是延續他/她所重視的價值，又或是其開拓的思想視野。我不知這紀念方式是否「最好」，但肯定比只不斷重複談論已成濫調的「主義」優勝。在馬克思出生二百週年之際，不論你是否認同這影響深遠的思想家，如果要作點紀念或回顧，看看他為我們提供了哪些做研究的方法、看事情的視野，或許是一種不錯的選擇。

馬克思之所以廣為人知，大概是由於「共產主義」的理念，以及其於二十世紀的實踐。然而，正如我在上一節指出，終其一生，馬克思都是一位研究資本主義的思想家，他為後人留下的最主要遺產，除了以四卷《資本論》為代表的理論和歷史分析外，還有一套獨特的研究方法和思想視野，也就是唯物史觀(historical materialism)和唯物辯證法(dialectical materialism)。

馬克思的研究方法和理論視野中，有三個關鍵詞，就是「歷史」、「辯證」和「唯物」。所謂「歷史」的方法，就是反對先驗的判斷，或靜態僵化的分析——例如，新自由主義經濟學以自有永有的假設(如人是自私的)，推導出「私有產權」、「自由市場」在任何歷史時空都是最有效率的制度安排。相反，馬克思認為，具體的情況需作具體分析，同一種事物或概念，在不同的歷史脈絡中，可能會產生相異的效果或意義。「歷史」視野的另一重意思，是事物或概念都有其由生至死的發展過程，因此研究資本主義時，亦需要追溯其源起、不同階段的發展和最終走向，而非視其為一成不變的固定模型。事實上，不斷的變動才是資本主義的特質，正如〈共產黨宣言〉中清楚指出，「資產階級除非對生產工具，從而對生產關係，從而對全部社會關係不斷地進行革命，否則就不能生存下去。……生產的不斷變革，一切社會狀況不停的動盪，永遠的不安定和變動，這就是資產階級時代不同於過去一切時代的地方。」

「唯物」也許是最易被誤解的概念。「物」的意思並非是「物質」，如槍炮、機械或糧食；「唯物」的意思因此也不是所謂「下層建築」(或物質生活)決定「上層建築」(或意識形態)。馬克思認為，「人……是一切社會關係的總和」，而「環境是由人來改變的」，因此，他的「唯物主義的立腳點」，是「人類社會或社會的人類」(〈關於費爾巴哈的提綱〉)，而歷史唯物主義的視野所強調的，是在不同歷史時空中存活的人類主體和社會關係的重要性，也就是透過分析具體的、不斷轉變中的社會脈絡，以理解人類的活動和意識，以至不同的社會制度的形成和轉化。

人類社會的發展或演變，儘管是一個充滿差異和矛盾的動態過程，但必須從一個總體的(holistic)野視去理解，這是「辯證」方法的核心。「辯證法」反對靜態和割裂地認知事物，認為個別概念或事物要在總體中被理解，而總體則只能是一種由個別概念的差異、矛盾與多樣性組成的統一體。例如，資本主義(或資產階級時代)這樣的總體概念，只能從當中的個別元素，包括生產、消費、流通、分配等差異、矛盾與多樣性中被理解；而資本主義的最終消亡，就像其他曾存在過的社會制度的消亡一樣，並非早由天定、自然演變，而是人類實踐(或革命)所造成的後果，因此理論與實踐之間，亦一樣存在相互連繫的辯證關係。馬克思廣為人知的一句名言是：「哲學家只是用不同的方式解釋世界，問題在於改變世界」；而從他一生鍥而不捨地「用不同的方式解釋」資本主義的運作及其後果，我們可以辯證地補充他沒有説但卻實踐出來的另一句説話：「行動家只是用不同的方式嘗試改變世界，但問題也在於解釋世界」。

引用唯物史觀和唯物辯證法去研究資本主義，馬克思所看到的「貨幣」、「商品」、「市場」、「私有產權」和「僱傭勞動」，跟今日在香港大行其道的靜態觀點，並不一樣。他這樣説：「貨幣和商品，正如生產資料和生活資料一樣，並不是資本」(《資本論》，頁782)，同理，他所批評甚至希望消滅的「私有產權」，亦並非是一種靜態的法權保障形式，而是指特定的歷史脈絡下的總體社會關係，因此「共產主義」也不是把所有私人財物公共化，而是嘗試改變資本主義的總體社會關係，組成一個「自由人的聯合體」，當中「每個人的自由發展，是一切人的自由發展的條件」。換句話説，作為構成「資本」的「貨幣」、「商品」，或構成「資本主義」的「市場」、「私有產權」和「僱傭勞動」，必須從資本主義(或資產階級時代)的總體視野中理解；而資本主義(或資產階級時代)這樣的總體概念，也必須從「資本」、「貨幣」、「商品」、「市場」、「私有產權」和「僱傭勞動」等差異、矛盾與多樣性組成的辯證關係中被理解。

馬克思有關差異與多樣性統一的討論，在其〈1857–1858年經濟學手稿導言〉中有很系統的表述。他以生產、消費、分配、流通的多層次關係為例，嘗試説明我們不能割裂地理解這些概念，而必須從特定的歷史脈絡中思考它們的差異、共同性及關係。例如生產與消費的三重關係：1. 直接的同一性：例如生產一張木枱同時就是消費一棵樹，而吃喝食物同時生產了身體；2. 以對方為中介：例如生產一張木枱需要消費者(如訂戶)作前提，購買和消費食物也需要農夫的生產作前提；3. 在實現自身中創造對方：例如木匠優秀的工藝設計催生了消費的慾望和主體，而消費者於吃掉食物時確證了農夫成為真正的生產者。他並非想說明生產和消費「是同一的東西」，而是想論證，「它們構成一個總體的各個環節，一個統一體內部的差別」。

循此我們可以更深入地理解，馬克思的方法所重視的「具體情況，具體分析」的含義：「具體之所以具體，因為它是許多規定的綜合，因而是多樣性的統一」。

這種重視歷史、社會關係、矛盾互動的「多樣性的統一」視野，有助我們克服和超越片面和僵化的觀點，重新動態而總體地思考事物和概念的複雜關係，避免那些平衡「保育與發展」、「理想與現實」之類窒礙思想的套話，創意地解釋「保育就是發展、發展就是保育」或「理想的現實、現實的理想」的世界也是可能的，並嘗試在特定的歷史脈絡和社會條件下，努力改變現有的世界，尋找這些新的可能性。這大概就是二百年前出生的馬克思，留給我們的方法和視野。願意試一試它是否還有用嗎？

在步入新一個極端或災難的年代、馬克思誕辰二百週年之際，認真地回顧十月革命及其前後的社會主義歷史，重讀馬克思對資本主義的深入研究，以更好地理解這些社會實踐和智性資源所帶來的深遠影響，也許是直面不確定的資本主義未來——以及伴隨的危機與災難——的最好準備。

「尋根扣問」：回到終極的社會願景

讓我們回到香港2018年年初的香港立法會四席補選，泛民主派輸了一半。受制於功能團體選舉的局限，輿論似乎較諒解建築、測量、都市規劃及園境界的敗陣；但未能重奪同樣因釋法DQ而失去的九龍西選區席位，則成為了選後檢討甚至批評的焦點。

選舉失利，自然應「查找不足」，重新學習。然而，紙媒和網上的檢討內容和方向，大部分側重於選舉策略的反思：從橫額的設計與落區洗樓的頻率，到協調不同泛民政黨和「地區工作」不足，以至「中產式」選舉工程vs「基層的」需要之間的矛盾等等。這些選舉策略和形式的回顧，建基的是一種判別民主運動成敗的準則：輸掉民選議席代表民運的失利，檢討是為了找出敗因，以便於下次選舉中重奪議席。不過，如果泛民的大量失票，意味着愈來愈多的民主運動(潛在)支持者，不再關心立會議席的得失，甚至不再在意民主政制，那麼把檢討的焦點投放於選舉策略，以選戰成敗作衡量準則，是否有點錯置？

依據政治學者蔡子強的計算，相對於上一次立會選舉，泛民於三個直選選區的失票率，都遠較對手為高。長期紮根地區、相對接近傳統泛民的范國威的失票率，比「空降」九西參選的姚松炎更為嚴重，説明了歸咎選舉工程形式或「地區工作」不足等賽後檢討，並沒有掌握重點。從是次立會補選的結果回看，泛民儘管失票遠高於對家，但每區仍有超過十萬的支持者。這些數以十萬計的「基本盤」，邀請我們思考如下的問題：在極權臨近、世道崩壞、前景堪虞的境況下，支撐這批為數不少的選民投票的，是對民主自由等「普世」價值的執著？還是理性甚至帶點功利的政治分析和計算？又或是建基於一種恐懼(中共)、焦慮未來的集體情緒？他們當中，多少人會在意選舉橫額的設計、「洗樓街站」的多寡？會重視所謂的「地區工作」？倘若真的在意和重視，具體的形式和內容又是甚麼？能說明「新」的(如姚松炎)選舉策略失敗嗎？或印證了「舊」的方法(如范國威)成功？而沒有出來投票，又或票投建制的，多少是由於泛民選舉工程「失誤」？又或建制論述的「成功」？還是因為全球局勢、中港政治的鉅變，包括政權偏幫(如DQ候選人資格)及經濟資源懸殊，令選舉遊戲變得愈來愈不公平，再加上一些偶發的因素(例如九西plan B的爭論及繼後的情感政治)而導致？在這樣的社會脈絡中，選戰的勝負，真的應該及可以由參選團隊完全負責嗎？民主運動的成敗，能夠完全依據議會席位的得失來計算？

忽略這些根本問題的選後評估，不僅焦點錯置，更因快速地鎖定了既有的陳腔濫調答案，阻礙我們認真思考、甚至無法提出一些更值得深思的問題：選民的放棄投票，向泛民訴說着甚麼？而投了票支持或反對泛民的選民，又表達了哪些政治訊息？換句話說，民眾，包括「中產」與「基層」、「黃絲」和「藍絲」、「左翼」及「本土」，他們的投票或不投票的決定，反映了怎樣的集體情感和認知？展示了甚麼政治取態？

檢討的作用，在於理解失誤，從中學習，校正工作方向。當中至關重要的，是釐清目標願景。民主運動的根本目標是甚麼？在當下的社會條件下能達成甚麼？中期目標如何與終極願景連繫？不思考及回答這些問題，我們就缺乏可參照的準則，難以談論成敗、評斷對錯，自然做不到任何有意義的檢討。

換句話說，檢討離不開對根本問題的叩問，也必須聯繫具體的社會脈絡進行思考。選戰失利，我們自然可查找選舉策略和形式的不足，但卻不能不追問選票及議會席位的得失，跟當代香港民主運動的終極關懷和堅持的基本倫理價值的扣連，以及與政制選舉不公、資源分配不均等社會條件的關係。如果在「舊的正死 新的未生」的歷史脈絡、情感氛圍下，操弄恐懼的政治或聚焦於公關伎倆、空洞言辭、短期利益主導的選舉工程，真的能有助選情、吸納選票，民主運動應該以此為日後的工作方向嗎？把大量精力投進這些「檢討」及其後的政治策略、「地區工作」，能夠引領我們行近民運的願景？還是在過程中不斷改造我們的身心、價值，走向與初衷相反的道路？

圍繞着選戰策略的檢討，往往從選民是甚麼的假設出發；認真而根本的檢討，則嘗試反思民主運動這文化/社會改造大計，於選舉當中及前後，在「舊的正死，新的未生」的社會脈絡下，所從事的轉化民眾集體情感、政治取態的工作，開拓了哪些可能性，或是否因犯錯而偏離了原初的願景目標，倘是，又該如何校正。

從根本上來說，民運應是一個文化/社會改造的大計，願景是建立一個更理想的社會，當中包括人跟人關係相對平等，並設立制度保障每個人都有不順服的權利，維持生活/生命的尊嚴，而普選則是當中的一種制度安排，也可視作這文化/社會改造的大計的一個組成部分。同理，反民主的政治力量投身的，亦是一項文化/社會改造的大計，目標是把人改造為經濟動物，當中的選舉建基於短期利益、恐懼妒恨，投票轉化為被動的消費行為，也不鼓勵民眾思考根本問題。

從世界各地近年的選舉結果及政權變動，可以看到，大部份地區似乎並沒有走近民主運動的願景。要深入甚至從根本上理解當代民主疲憊的病態敗象，我們需要認真分析已踏入了「舊的正死，新的未生」這明暗交替時期的社會脈絡，叩問步向死亡的舊秩序是甚麼？未生而正在發芽的新世界又是甚麼？

正如不少論者指出，以私有化、市場化、全球化、小政府、不干預等言辭妝扮的新自由主義文化霸權，已步入危機、走到盡頭。愈來愈多民眾向「開放貿易」、「自由放任」說不，右翼民粹政權也樂意為之。伴隨(甚或更早於)「新自由主義」語言系統逐漸消亡的，還有被不斷掏空窄化、依據人權/法治/代議/普選等概念和制度支撐的古典自由主義秩序。當舊的語詞秩序分崩離析，過去被遮蓋的陳腐敗象，自然逐漸浮現，因而也容易喚起追求「另一個世界是可能」的力量。例如，近年於全球各地都看到新一代(包括為數不少的中學生)挺身而出，向舊世界的荒誕說不；但同時亦催生各種右翼民粹拒外排他、擁護極權的群眾運動。

然而，舊社會其實並沒有完全消亡，尤其是當中以狹義的物質經濟三導的價值統識。我們若希望從舊秩序的廢墟中誕生一個更理想的新世界，有必要針對更根本的問題：過去三數十年以新自由主義面貌出現的歷史資本主義發展，如何壯大鞏固了單一的經濟價值，也就是把民眾的日常生活，包括公共政治和道德倫理，轉化成只剩下狹隘的物質考量。這是下一章嘗試探討的問題，也許是所有對選舉或民主運動的檢討中，最根本、最需要思考的面向。

2. 政治與道德的經濟化

當代的香港公共論述中，任何關乎民眾日常生活的領域，例如教育、醫療、飲食、文化藝術，只要扣上「政治化」這詞，都很容易變得「可疑」，甚或需要敬而遠之。這情況在過去的二十年，變得愈來愈明顯[3]。

「反政治化」的葫蘆賣「經濟化」的藥

在公共討論中使用「政治化」批評或攻擊他人的，主要是親中港政權的建制力量。然而，在這些論述中，「政治化」具體是指甚麼，卻並不瞭然。

在香港的當代語境中，「政治化」一般都帶負面的含意，經常與「搞亂香港」、「雞犬不寧」、「居心叵測」、「立心不良」、「不務正業」、「只求出位」等語詞連用，

3　在wisenews輸入「政治化」這關鍵詞，搜尋香港報章，90年代末每年大概有幾百到千多項，到了最近幾年，則有二千多到三千多項。於1997年，已有本地論者批判反「政治化」的論述(蔡建誠：〈香港：太政治化，還是不夠政治化？〉http://www.franklenchoi.org/commentary/toopolitical.htm)，瀏覽日期：24-1-2017。

甚至有政治問責官員倡議「少談政治，只做實事」[4]、參選的政黨副主席把「搞政治」形容為「毒藥」[5]，又或高級警務人員把「搞政治」與「做賊」並列[6]。

在這樣的論述之下，「政治化」成為了萬能的負面標籤，或Laclau意義下民粹政治攻擊對手、統合自己陣營的空洞能指(Laclau 2005)。這種港式民粹政治，主要由政權建制推動，嘗試把所有反對政府政策的不同聲音，以「政治化」這空洞能指統合，並召喚民眾把他們對(主要是物質)生活的各種紛雜焦慮及需求，投注於反對「政治化」這「邪惡的敵人」的戰鬥之中。「政治化」這空洞能指能夠裝載「不專業」、「不顧民生」、「忽略公眾利益」、「鬥爭為本」、「為反而反」等負面控訴，「政治化」亦可蘊含「不利學術、教育、貿易、民生、旅遊、社福、醫療等發展」，更有礙西九龍故宮博物館、機場第三跑道、落馬州河套「港深創新及科技園」、新界東北發展計劃、港珠澳大橋等項目的上馬，也就是「阻人發達」、「礙人搵食」之意，甚至成為「影響社會的穩定」，引入「外國勢力顛覆國家」的「元兇」。

「政治化」這萬能的負面標籤之所以能夠在一定程度產生效果，與當代香港的社會脈絡有關。承接長時期的殖民歷史，結合港英政權於戰後透過參與打造並利用冷戰的格局，

4　https://forum.hkej.com/node/127217，23/1/2017瀏覽。

5　〈田北辰：只做實事唔玩政治？〉，http://www.takungpao.com.hk/hongkong/text/2016/0811/15667.html，23/1/2017瀏覽。

6　一位最近退休的高級警務人員引述前輩説：「警察退咗休，有兩件事唔可以做，第一係唔可以做賊，第二係唔可以搞政治」(http://hk.apple.nextmedia.com/news/art/20161012/19798093)；23/1/2017瀏覽。

令不少以難民身份移居香港的民眾，花大部分時間專注於追求溫飽，讓「反政治化」這空洞能指獲得了良好的生長土壤。1980年代中期至1997年的政權轉移期間，港英政權逐漸開放了民眾參與政治的渠道，鼓勵一批新生中產階級投身政界、組織政黨。然而，在殖民體制和基本法的框架之下，讓1997年後的中共政權的干預很容易控制社會發展的方向，民眾參政的效果愈來愈有限。在最近十多二十年中，當民眾參政意願及對改進社會的期望提高，卻碰上功能組別及特首小圈子選舉的框限，再加上最近幾年在不忌憚挑起鬥爭的特區政府管治之下，社會撕裂擴大，立法和司法機關愈來愈難以正常講理的程序制約行政主導的「有權盡用」，只能用議會拉布或司法覆核等方式，嘗試阻礙或拖延由上而下的政令。這種容易被認為是「成事不足、敗事有餘」的抗爭方式，在大眾傳媒陸續被政權建制力量收編、發展主義愈來愈成為統治共識的社會脈絡下，往往被描述為沒有建設性的「政治吵鬧」，再加上政權的「語言偽術」和建制政黨以同樣甚至更為沒有建設性的「政治吵鬧」方式回應，加深了不少民眾對「政治(化)」的厭惡。

1997年後的特區政權，不僅沒有離棄及改造各層次的殖民管治制度，更愈來愈「充份利用」殖民體制賦予在位者的權力，尤以近幾年為甚，令由上而下的殖民權力更直接赤裸地介入各個民間領域，導致大學委任校董、廉署人事變動、前特首向報館發律師信、其女兒在機場的行李也涉嫌在特權介入下過關等風波，再到最近的DQ議員/立會候選人及無法律依據的一地兩檢，影響遍及教育學術、廉政法律、言論自由等領域，甚至出現被評為「官商鄉黑」的泥頭事件、港珠澳大橋人工島「崩角」風波等發展模式；而在文化價值方面，則變本加厲，大力鼓吹「中環價值」、「愛國順黨」，貶抑民主以至政治參與，比1997年前更沒有保留地推動香港的「經濟化」，或人的「動物化」。

從1997年第一屆的特首開始，施政報告中主要的篇幅，全是有關於「經濟」。儘管報告中包括房屋、都市、環境、運輸、基建、教育、醫療、社福、人口、體育等議題，但這些議題基本上全是從「經濟」的角度審視，訂定政策建基的是成本–效益、物質需求、數量增長等狹義的經濟準則[7]。例如董建華時代提出的減少空氣污染，依據的是政府顧問的資料：「本港每年有多達八萬市民因為吸入過量微塵，導致心臟及血管性疾病，涉及的醫療費用多達350萬元」[8]；又例如曾蔭權提出「進步發展觀」，其中一項主要的政策目標是為了「活化」古蹟文物，以打造「文化地標」，一方面可提升旅遊業的競爭力，另一方面則有助鄰近社區的土地增值。至於前任和現任特首的施政報告，除了重複各個領域的「經濟化」量性措辭，還加入了「一帶一路」等「中港融合」的「經濟發展戰略」。

一篇發表於一份親中港政權的網上刊物的文章，頗為直

7 例如「終身學習」其實是指持續不斷地作「人力資本」的投資。「這反映在施政報告的教育政策建議中，除了全港性的英語推廣活動外，都是擴展或改革正規學校，而不見提及具體的措施以方便市民終身自學：如公共圖書館增購高質量的書籍、開放大學圖書館給公眾人士使用、減少法定工作時間以使在職人士有更多餘閑和精力學習等等」(許寶強2003: 80–81)。

8 《蘋果日報》，1999年10月7日。

接地表述了「反政治化」其實就是「經濟化」。這篇由中評社記者撰寫，發表於2017年1月6日，題為〈香港繼續政治化還是回歸本質？〉[9]的文章，這樣寫道：

> 香港，這座國際金融中心，要如何迎來屬於自己「新」的一年，是要繼續政治化，還是回歸本質？……新的一年裏，香港何去何從，是要在政治泥沼中內鬥內耗，還是要在經濟賽道奮力向前，這不僅僅是反對派需要思考的，更是全香港市民需要思考的。……香港社會還是需要將重心轉移到經濟發展和民生建設上來。香港是工商社會，經濟發展才是香港的首要目標，過度沉迷於政治爭拗，只會讓香港流失絕佳的發展機會，這對香港而言，對香港市民而言，是百害而無一利的。(著重號為筆者所加)

把香港的「本質」定位於「國際金融中心」、「工商社會」，然後要求發展經濟、建設民生，並由此要求放棄「政治」、「爭拗」，自是順理成章。這樣的論述將「政治」與「經濟」截然對立，製造忠奸分明、只能二選其一的框框，隱含的前提，是把人還原為只剩下物質需求層次的動物。「政治化」之所以「對香港市民」「百害而無一利」，前提只能是除卻狹義的經濟物慾外，「香港市民」並不存在其他面向的需求。換句話說，「反政治化」與把民眾的社會生活、倫理價值「經濟化」，其實是一體兩面，是一項嘗試將

9　http://hk.crntt.com/doc/1045/3/2/5/104532539.html?coluid=176&kindid=11723&docid=104532539&mdate=0106161545；23/1/2017瀏覽。

「人心」回歸「獸性」的文化大計。

這項由上而下的文化大計，嘗試把人類生存的各個面向，包括政治生活、民主法治、自由人權、生態保育，改造成全用「經濟」來表述和衡量。在此「經濟化」工程中，民主政治被轉化成行政管理，國家/政府、公共機構(大學、醫院、社福機關、文化演藝)均變成「公司」，資深教授、醫生、社工、文藝工作者化身為董事、行政總裁、高級經理，公帑支出被表述為等待合理「回報」的「投資」，以量化排名等指標衡功度值，用競爭文化作為唯一的遊戲規則；法律、自由、保育被貶低約化成推貿易、工商、旅遊的工具；人權、生態則被等同(或置於)人類的基本物質需要(之下)，也就是先(只)求溫飽，餘皆次要[10]。

近二十年香港的「反政治化」/「經濟化」進程，是在70–80年代英美新自由主義與中國的「改革開放」的社會脈絡下壯大成長的。戰後二十年間香港的經濟快速增長(年均增幅約10%)，但同期的貧富差距也不斷擴大。70年代中期之後，香港的財富兩極化趨勢不僅沒有緩和，更愈來愈嚴重(表1)，成為了「已發展地區」中貧富最懸殊之地。值得注意的是，不論在每年平均超過10%增長經濟的1980–90年代，還是2000年之後相對低增長的時段，貧富兩極化趨勢都沒有中斷。

10 可參閱Brown(2015)第一章對美國的相關分析，Brown認為，「經濟化」已逐漸從內部破壞了民主——人民當家作主——的實質內涵。

表1：香港的貧富差距

年份	1971	1976	1981	1986	1991	1996	2001	2006	2011	2016
堅尼系數	0.430	0.429	0.451	0.453	0.476	0.518	0.525	0.533	0.537	0.537

出處：劉祖雲2009，頁10；〈近三十年貧富差距漸大〉，《香港商報》，2016年6月9日（http://www.hkcd.com.hk/content/2016-06/09/content_3563943.htm）

貧富差距的不斷擴大，再加上消費主義的壓力，令物質資源相對匱乏的低收入人口的數量在上升之餘[11]，其生活質量（包括居住環境、食物安全、工作條件、精神壓力等）也改善不大，而在過去十年更每況愈下[12]。相較戰前以至上世紀50–60年代，當代香港的物質發展無可置疑是遠為充裕的，但分配的嚴重不均卻容易讓民眾不滿。為了轉移在不平等愈來愈明顯的社會環境下民眾為追求公義而指向政經特權的矛頭，愈來愈壟斷媒體的中港政權和商界企業等建制力量，自然願意以「反政治化」/「經濟化」的論述，嘗試把問題鎖定於物質或生物所需層面，以消解公共政治的集體行動，並貶抑民主、自由、平等、多元等價值為「不切實際」的理想主義，這也是為甚麼近幾年「反政治化」的論述在公共領域大行其道的其中一個重要原因。

從「去除道德」到「經濟就是道德」

主宰香港發展方向的管治團隊與商界上層，念茲在茲的是把香港打造成「物質至上」、「搵食大晒」的都市，於是

11 劉祖雲2009：頁18–20；譚兵2009：頁46–49, 51–52。

12 http://www.cuhk.edu.hk/hkiaps/qol/ch/index.html。

「經濟化」成為了我城演化的主旋律。把社群生活、文化價值「經濟化」的前提，必須首先清除主要的障礙——於是我們看見了「反政治化」與「去道德化」的進程。

已故的法國人類學者Louis Dumont(1977)指出，「經濟」之能夠成為一個獨立自主的領域，得力於歐美自十八世紀開始的認知框架的轉變。他認為，重農學派的魁奈(Quesnay)把「經濟」看作為由各種相互扣連部分所構成的連貫整體，為日後的「經濟」論述打下了地基；之後洛克(John Locke)將經濟與政治分割，而Mandeville的《蜜蜂的寓言》(*Fable of the Bees*)則進一步把個體的自利言行從宗教的道德規條中抽離，甚至賦予經濟行為一個道德的光環，也就是宣稱自私的動機能導向美好的後果，亦即今天差不多無人不知的「人人為己 全體得益」的「看不見的手」的原型。亞當·史密(Adam Smith)、李嘉圖(David Ricardo)至馬克思(Karl Marx)的「勞動價值論」，高揚人類於經濟活動中創造價值的重要地位，為經濟化的進程掃除了最後(源自宗教神學)的道德障礙。(Dumont 1977: 45–57, 61–67, 79–85)

英國百多年的殖民洗禮，為香港植入了「經濟化」的根苗，再經1997年後中港政權、建制中產澆水施肥，最終孕育出當代港人毫不陌生的「經濟是個好東西」，以至讓「中環價值」獨大，取代宗教教義與傳統道德，最終成為了統治我城的共識。

當「經濟」變成「價值」，「發展」就是「道德」，在這樣的社會氛圍下孕育成長的老中青少，「超越人類道德底線」——如果「道德」是指宗教倫理或傳統價值——恐怕並不會令人特別驚訝，甚至可以說是早晚都會出現的事。自然，以怎樣的面貌和形式出現，還取決於不同時地的特定社會脈絡。倘若支持人情小店、保衛社區家園、追求公正公義的傳統價值，都被看作「阻人發達」、「有礙發展」的離地理想、激進行動；如果「人人為己」的競爭文化，成為了我城今天的道德律令，那麼缺乏同理心，甚至變得「涼薄」「冷血」，不是有跡可尋嗎？

除了經濟化外，另一種或許有助當代香港「超越人類道德底線」的社會力量，是以「法」代「義」，也就是近年中港政權建制大力推動的「依法管治」。這種希望將「法」變為判斷對錯的唯一準則，令傳統的人情、倫理、公義漸無立錐之地。於是，解決分歧的方法並非透過平等、開放的溝通對話，以理服人或以情動人，而是殺氣騰騰的「依法嚴辦」。「以法治人」建基的不是同理心，而是對法律內容的解釋權力，立法、執法、司法過程中的掌控程度，以至輿論上貶抑公義等倫理價值，追求的是唯「法」獨大。

從政權鋪天蓋地的「必須守法」的宣示中，我們看到的主要是基本法的不可逾越性，又或必須絕對服從經不斷釋法後的源自殖民統治的法律，而非重視甚麼才是「人類道德底線」的探討，也忽視同理心、以理服人的教育。犯法代表的是「超越了法律的底線」，「必須守法」「依法管治」的宣示所隱含的，似乎是只要不觸及「法律的底線」，便甚麼事情也可以容許。

最近由中港政權主導的DQ議員和東北雙學上訴判刑，反映的正是「依法管治」所設定的「底線」，並不特別重視同理心、公義、人情、無私等「人類道德」。以新釋的法來審判舊的行為，從而褫奪一些獲得數以萬計選民支持的議員席位，並追討同是數以萬計的資助薪酬，恐怕並不太合乎我們社會的基本常識和道德——不應任意改變遊戲規則和應離棄「趕盡殺絕」的無情倫理。律政司引用法律，選擇性地對16位無私地保衛東北社區、守護香港未來的青年，窮追猛打，令這些不僅沒有「超越」，而是彰顯「人類道德」——心懷公義、勇於承擔、忘我為群——的青年朋友，鋃鐺入獄，意味着用來「治」他們的「法」，恐怕並非用於守護「人類的道德」。相反，把這些願意講道理、富同理心、熱心公益的青年朋友都投進監獄，社會上能對抗冷血、涼薄，阻止我們「超越人類的道德底線」的力量，又少了一分。

在「經濟化」和「依法管治」的強大合力下，「人類道德」的生存空間只會變得愈來愈細。然而，在這樣全面去道德化的當代社會脈絡中，看到「經濟化」和「依法管治」的旗手「忽然道德」——大力譴責大學生對親中副局長缺乏同理心，在民眾(包括青少年)當中，產生犬儒虛無、冷嘲熱諷的情感回應，自然很可以理解。正如阿倫特在分析極權主義興起時指出，「在一個瀰漫着資產階級意識形態觀念和道德標準的社會裏，厭惡是多麼正當的。」(阿倫特2004/1951, p. 425–426)

總括來說，「反政治化」/「去道德化」與「經濟化」其實是一個銅幣的兩面。

從「經濟化」手中拯救政治和道德

漢娜．阿倫特的《人的條件》，區分了人類的三種活動，包括勞動(labor)、工作(work)和行動(action)，並探討了這些活動的條件。勞動意指透過與自然界的互動，例如獵食或採集，獲取延續生命所需，食物和安全保障，是所有動物共有的本能；工作是與人造世界的互動，例如各種工藝、技術活動，涉及的條件是建立及置身於可居的塵世(worldiness)；行動的條件則是人的多樣性，人類不可能完全離群獨處，因此必然與其他不同的人互動，行動包括討論、說服、決定、執行，當中充滿難以控制、無法制止、不可預料的性質，人在行動中「不知道自己正在做甚麼」，會產生甚麼後果，行動就是冒險。把漢娜·阿倫特關於人類活動的分類，與上述的「反政治化」的文化大計對照，可以為我們提供一個從「經濟化」手中拯救「政治」和「道德」的思考角度。

漢娜·阿倫特所稱的「勞動」，對應的是「經濟化」指向的動物性需求；而在當代的社會脈絡下，「工作」可以理解為接近科技理性與管理主義的活動形式；至於「行動」，對應的則是公共政治的參與，這種活動既非為了追求溫飽，也不是透過訂定按步就班的規劃，希望達致確定的成果，而是願意冒不確定的風險，走到人群中去對話、溝通，參與集體的生活。漢娜·阿倫特心目中的公共政治「行動」，並不是由形式(如遊行佔領或示威集會)界定，而是「意味去創新、去開始……發動某件事」[13]。

13 漢娜·阿倫特補充，「政治是人們在公共領域中的行動、思考、學習和判斷，需要與公眾討論，進行相互說服，才有可能作出並執行決定。政治是公共的，不為政府、政黨壟斷，要求的是開放的對話與承諾。……漢娜·阿倫特進一步指出，極權主義的興起意味着政治的消

「行動」，或參與公共政治，並沒有類似「勞動」和「工作」的顯然易見的「用處」。它的特殊之處，正在於其超越了人作為動物的日常必需領域，因而也有可能擺脱經常伴隨追逐溫飽而至的暴力和專制手段[14]。漢娜．阿倫特從回顧古希臘的城邦歷史中，領會到人只能在脱離追逐物質生活的羈絆下，走進「行動」的不可預知的公共領域，才能獲得自由，或回歸人不同於其他動物的特性。當公共政治的空間被壓縮，「行動」難以開展，人便會容易退回私人的領域，變為一群孤立的個體，只埋首勞動、工作或消費生活所需，不再關心人類集體的前途，為極權統治提供了生長的土壤[15]。循漢娜．阿倫特的視角回看香港，「反政治化」劍指的，恐怕正是我們的公共政治空間，嘗試取消「行動」，把港人推回只求溫飽這必須性的動物層次，強調「搵食大晒」的「中環價值」；或跟循科技理性/管理主義的軌道，僅提供「勞動」或「工作」的選項，也就是只剩下「經濟化」的目標。

失。隨着開放的公共對話的萎縮，政權以至民間社會愈來愈無法明白多元紛雜的不同立場，很容易作出與 現實相距甚遠的判斷，做出違背良心傷害社會的事情」(Parekh 2008 & Young-Bruehl 2009；引自 許寶強2014)。漢娜．阿倫特同時指出，「很多行動其實都是透過言說的方式進行的。不過，倘若我們僅以目的來肯定任何手段，那麼言説很可能會變成為政治化妝的空話」(《人的條件》，142。

14 最極端的是成為完全失去自由的奴隸，以至現代社會超長工時、被老板呼來喝去的勞工。

15 儘管漢娜．阿倫特強調「行動」於人類的重要性，但她並沒有完全否定「勞動」(與「工作」)，只是從歐洲的歷史發展中看到了「勞動」的逐漸獨大的趨勢，從而提出回歸「行動」的必要(《人的條件》)。筆者亦非想把「行動」與「勞動」作二元對立的分割，更無意貶抑「勞動」，而是想借用漢娜．阿倫特這些有洞見的理論概念，分析在香港的當代社會脈絡下「勞動」不斷排拒「行動」的過程及影響。

循此思路，我們可以理解，自1997年迄今的中港「深層次」矛盾，根源於私領域中「經濟動物」的「獸性」與在公領域中「政治行動」之「人心」間的分歧與衝突，尤其是在1970年代末1980年代初中國的「改革開放」——也就是逐漸採納新自由主義的文化大計——之後。「改革開放」其實是社會全面「經濟化」的發展工程，亦是透過「反政治化」——對1966–1976年的文化大革命的徹底否定——推進，嘗試把整個社會的發展目標框限於物質豐盛、民眾的溫飽，先讓「一部分人富裕起來」，再達至「全民小康」。在「改革開放」的大旗下，過去的公共政治語言，包括人民當家作主、革命、階級等逐漸讓位於經濟發展、貿易增長、繁榮穩定等詞彙，也就是從漢娜·阿倫特意義下的不可預知的「行動」場域，轉向當代由技術官僚、管理主義宰制的「勞動」、「工作」等領域。1989年中國的民主運動，可理解為對新自由主義「經濟化」的第一波社會自我保護，然而「六四」的鎮壓中斷了中國民眾(包括上百萬香港支持者)回歸公共政治或「人心」的努力，埋下了1997年後中港兩地「深層次」矛盾的種子。

儘管漢娜·阿倫特批判馬克思主義對「勞動」的高度重視和推崇，助長了對「行動」的漠視，但仍未放棄馬克思主義勞動價值論的前期「社會主義中國」(也就是所謂的「前三十年」)，除了強調溫飽以外，對平等、參與等動物必需領域以外的關注，至少在公共論述中，恐怕仍然比「新自由主義」時代(或「後三十年」)為高。被中共官方「徹底否定」的「文革」，逐漸成為了反「政治化」的最重要「歷史記憶」，加上1989年的「六四」鎮壓及隨之而來對公共政治的全面控制，客觀上為「改革開放」的「經濟化」進程掃除了主要的障礙，令社會平等、民主參與等訴求與價值被貶抑為「破壞安定」、「打擊繁榮」的「政治化」「浩劫」，也為1997年後香港的「資本主義」「五十年不變」塗上底色(相關的討論見上一章的分析)。

把社會生活和文化價值約化為動物温飽的必需層次的「經濟化」進程，由於只剩下對物質富裕的追求，滋生了片面追求經濟不斷增長的發展主義意識形態，以及由此而至的社會危機——貧富兩極分化；生態危機——全球暖化各式污染；道德與人性危機——以狹窄的物質/經濟價值取消(或替代)對真與善的追求。與「經濟化」進程共生的「反政治化」，傾向排拒壓抑難以控制和不可預料的「行動」，令依據討論、説服作出集體決定的公共政治逐漸消失，使民眾分解成單獨的個體，在缺乏認真的論辯的情況下，容易孕育輕率盲信，又或鼓勵順從，為極權社會創造生長的條件。當1980年代中國啓動的經濟化/反政治化「改革開放」全面「走資大計」，在1997年與缺學無思[16]的香港殖民體制及執行者遇上，滙流合力，強化(或全面啓動)了港英殖民時代的極權因子，同時淡化甚至嘗試抹去英式自由主義與中式社會主義理想中蘊含的平等、民主和自由等動物必需層次以外的價值與生活訴求。

---

16 「缺學無思」是筆者對海德格爾和漢娜．阿倫特有關學習(learning)及無思(thoughtless)等觀念的概括翻譯，可參閱許寶強(2015)。

雨傘運動的再思

2014年的雨傘運動，正是一場嘗試中斷甚至扭轉「經濟化」進程、回歸公共政治的大型集體演練[17]。一種流行的看法認為，2014年末的雨傘運動是徹底失敗了，甚至有論者認為必須要承認失敗，才有可能汲取教訓，走出困局[18]。這種把焦點置放於短期現實政治得失的看法，忽略了雨傘運動過程中，透過重新激活公共政治的場域，不僅於七十九天內在一定程度上干擾了「經濟化」的過程，同時讓數以十萬計的港人親身見證及經歷了漢娜・阿倫特意義下的公共政治參與，這些經歷在為數不少的民眾心中埋下了「經濟化」以外的社會發展的想像和願景，催生出不少傘後政治素人的組織或社群，積極參與社區或全港範圍的公共事務，部份更投入隨後的兩次選舉，並成功進入議會。從拯救公共政治的角度回看，雨傘運動不僅沒有「失敗」，而是成功地從變得例行化的議會議政及遊行示威，以至把命運交托他人的「訴求政治」[19]，轉到各種難以預知結果與具創造性及冒險性的社

17　這次公共政治的演練之所以能大規模爆發，除了人大8.31框架及9.28的催淚彈直接激化外，過去幾年的也可被理解為反「經濟化」的社會運動，包括天星皇后抗爭、反高鐵。

18　李達寧〈後知後覺的傘運檢討——承認失敗是第一步〉，《端媒體》2016-9-28，https://theinitium.com/article/20160928-opinion-daniellee-unmbrellamovement/。李達寧所針對的其實是雨傘運動過程中出現的一些機會的錯失，以致未能更大程度地爭取民運的當下目標。而循此引伸出傘運的「失敗」，則窄化了判斷民主運動成敗的準則，也模糊了接受「失敗」與承認「錯誤」於反思學習過程中細微但重要的分別——前者容易陷入「失敗主義」而打擊繼續前行的意志，後者則在不徹底否定運動(以至當中的主體)的前提下鼓勵從「錯誤」中學習。

19　也就是希望向代議士或政府提出(主要是物質必需的)訴求後，等待在

區參與、環保動保、獨立文化、另類媒體等「行動」，在「經濟化」的洪流中開拓了不少公共政治參與的空間。

故此，我們不必要接受「雨傘運動失敗」的結論，但可以承認當中確實犯了一些錯誤。從知識生產和論述反思的角度回看，一個重要的錯誤是未能有效清理傘運中一些流行的論點和關鍵概念，例如「本土」，以至在佔領結束之後，針對「經濟化」、嘗試重建公共政治的社會/民主運動方向，逐漸被以地域矛盾或國族視野的論述框架所置換。

當代香港的「本土」的論述，其實早於2006–2007的天星皇后抗爭前後出台，但逐漸被地域及國族的視野窄化或收編[20]，於雨傘時代成功與民眾的「抗中」意識接合，發展出「民族自決」這「港獨」的選項，並弔詭地在中港政權近年的高調批評下不斷壯大。產生的客觀效果，是以「中港矛盾」置換了反「經濟化」的抗爭(更詳細的相關分析可參閱本書第六章)。

然而，把「抗中」意識與國族框架扣連，無法準確閱讀出民眾，尤其是經歷雨傘運動洗禮的青年的情感政治。借用哈維爾對「後極權社會」(post-totalitarianism)的分析，我與同事在另一篇文章中指出(參閱Hui and Lau 2015)，雨傘運動所呈現的香港當代的文化政治，是追求活得磊落真誠(living in truth)與馬基雅維里式的現實政治(*realpolitik*)的根本矛盾，前者重視的，是抗拒與由上而下的權力合作的犬儒認命，後

位者的體恤恩賜。

20 有關香港「本土運動」的發展和演變的較詳細討論，可參閱本書第六章。

者則把政治理解為利益爭奪的場域，可以甚至應該為求目的而不擇手段。傘運參與者當中，確有一些十分重視現實政治的效果，甚至以此來批評他人「離地」[21]；然而，為數更多的年輕政治素人，他們的出發點，是對朋友的義氣、對平等公正的執著、對語言偽術的厭惡，也就是希望能活得較自主自在、磊落真誠(許寶強2015)。

追求「命運自主」的傘運一代，之所以「抗中」，主要是基於「代表」中國的中共政權及其在香港的代理者(特首和政府高官、建制政黨以至各路「愛國愛黨」力量)，在香港近年的作為，從高鐵、新界東北發展的毀人家園式的「中港融合」「經濟化」大計，到「一國兩制白皮書」、人大「八三一」決議、DQ議員等封殺公共政治參與的舉措，以及推行這些計劃的過程中的指鹿為馬、弄虛作假，或完全離棄一些基本的政治倫理和程序公義，所呈現的，正是一套建基於赤裸利益、不擇手段的現實政治。換句話説，所謂「抗中」，突顯的除了這中港地緣政治表面上的矛盾外，還有更為根本的是兩種生活方式、價值觀念、文化政治——也就是語言偽術、現實政治vs磊落真誠、公共政治——的衝突，在這意義下，「抗中」其實是拒絕將人還原為只求温飽的動物，反抗「經濟化」，追求回歸「人心」。

循此角度，我們可以理解，為甚麼反傘運的社會力量，其論述的重點往往置放於批評佔領、集會、示威、遊行會

21　當中最有代表性的，也許是一些被界定為右翼「本土派」的核心，例如《城邦論》的陳雲，以至「熱血公民」和「普羅政治學苑」。傘運後他們合組成「熱普城」聯盟參與立法會五區直選，但只獲一席，「熱普城」的三位領袖均敗選。

嚴重影響「經濟民生」，「阻人搵食」變得「罪大惡極」；而這種側重「經濟化」的論述，往往配合其他「反政治化」的策略，包括用由上而下框定的「諮詢」表演取代開放的民主討論，或以警察暴力鎮壓不可預期的公共政治「行動」，又或用「依法辦事」的措辭，把強調程序公義、人人平等的rule of law置換成政權借法治民的rule by law。換句話説，就是嘗試以動物的必需性取代人的公共政治性，用「獸性」替換「人心」。然而，「人心」卻不願完全回歸「獸性」，於是我們可以看到過去(包括港英殖民時代和政權轉移之後)此起彼伏的民眾抗爭。由於近年的「經濟化」/「反政治化」進程，主要由「代表」中國的中港政權、建制政黨和「愛國愛港」力量推動，因此反映「人心」不願「回歸」的各種社會/民主運動，以「抗中」與「自決」的面貌出現，也就不難理解。

循上述的分析角度，「抗中」和「自決」除了依循國族框架、現實政治原則的「港獨」(或民族自決)一支之外，還有另一重含意，也就是反映了抗拒「經濟化」的進程，追求公共政治「行動」，或「人心」不願回歸「獸性」的掙扎，這也許正是「民主自決」的真正意思。之所以以「抗中」的面貌出現，主要是1997年政權轉移後，中共的管治方式比英殖時代的「經濟化」更赤裸和徹底，愈來愈離棄了英殖時代和中國「前三十年」的公共論述中的「自由主義」和「社會主義」理想中的非動物性的價值。

循此思路，我們大概可以理解，面對近年香港青年一代的「抗中」情緒和「自決」訴求，「代表」中共政權的特首，並不忌憚高調地批評仍不成氣候的「港獨」力量，客觀上其實為「港獨」推波助瀾[22]。這樣做能夠置換了民間對「經濟化」過程所造成的社會、生態和道德危機的反彈，嘗試引導民間的不滿進入「國族矛盾」的框架，而在此框框內，仍然能夠保留「經濟化」的論述及文化大計，包括把中港矛盾吸納理解為經濟利益的爭奪，或物質資源的匱乏。而部分「本土派」對「現實政治」與「民族自決」的倡議，也在客觀上配合了這種論述的轉移，其針對「離地」「左膠」的指控，嘗試否定哈維爾的「活出磊落真誠」的政治，或漢娜·阿倫特意義下的強調討論、溝通、説服的公共政治行動的「現實性」，客觀地支持了「反政治化」的工程，以至強化「經濟化」的進程。用一句話歸納，就是嘗試以「人心未回歸」的國族/政權訴求，取代「回歸人心」的民眾訴求。

於政權移交二十週年之後，無論是政權建制的「人心未回歸」論述，又或「民族自治」的港獨訴求，都未能捕捉一個更根本的問題，也就是「經濟化」/「反政治化」/「去道德化」所蘊含的另一種意義下的「人心」與「回歸」。缺乏這層次的回顧反思，很難有助我們校正民主運動的方向，無法直面及處理最根本的問題，也就是如何讓社會的發展從追逐「獸性」的需求回歸「人心」的多樣性和公共性。而要有效達致這長遠目標，前提必須是從「經濟化」手中拯救公共政治與倫理道德。

22 有關香港政權與「本土力量」興起的共謀關係，可參閱本書第六章。

II

威權管治　極權臨近

1. 民主疲憊　文明倒退

中共修憲，刪除國家主席及副主席任期限制，引出了復辟帝制、終身獨裁的猜想和議論，公共輿論反映的一個主要的憂慮，是擔心中國將陷進一次政治甚至是文明的大倒退。其實，類似的擔憂，也見於當代世界的其他地方，尤其是在俄國的普京、印度的莫迪、土耳其的埃爾多安、匈牙利的奧爾班、波蘭的杜達、美國的特朗普、菲律賓的杜特蒂等上台以後。一位已故的社會學者曾於上世紀末預言，二十一世紀將變成一個「專制威權的世紀」(century of authoritarianism)。回看世界各地近十多年的發展，這預言的「表面證據」似乎成立。

向自由民主說不

德國Suhrkamp Verlag出版社編輯Heinrich Geiselberger，2017年編輯出版了一本題為《大倒退》[1]的文集，邀請來自歐美的學者和評論員，分析在全球化及新自由主義陷入危機的社會脈絡下，以情感主導的民粹政治如何乘時興起，而歐美的自由民主政體和多元文化社會，又如何不斷受到衝擊以至面臨解體。

文集中第一篇文章是人類學者阿帕杜萊的〈民主疲憊〉(Democracy Fatigue)，探討全球逐步離棄自由民主、投向民粹專政的當代趨勢。作者提出的核心問題是：為何從領袖到民眾，都厭惡自由民主的價值與體制？政治領袖貶抑自由

1　*The Great Regression*, NY: Polity, 2017.

民主，不難理解，因為多元紛雜的聲音、漫長的商議討論，往往被認為會拖慢施政的效率，掌權者自然嫌它阻手礙腳；而民眾不喜歡自由民主的原因，則源自瀰漫於當代社會的焦慮、憤怒及妒恨等集體情緒。

「民主疲憊」的現象，在上世紀20和30年代也曾出現。正如已故的歷史學者霍布斯鮑姆於《極端的年代》指出，二十世紀初的歐洲，見證了自由民主政體逐步走向衰敗，主要的原因，是自由民主政體所建基的四個必須條件，包括：社會已建立根深蒂固的自由民主共識、不同選民及社群之間願意共融商議、相對豐裕的經濟狀況、不需要政府扮演積極主動的管治角色，於兩次世界大戰其間相繼消失，造成了法西斯和納粹等極權的興起。

然而，阿帕杜萊認為，與上世紀不盡相同，當代的民主退潮，體現了三種新的社會脈絡，包括一、互聯網及社交媒體的興起和普及，製造出一圈圈的同温層，讓民眾愈來愈習慣於不需要與不同政治立場的社群商議討論，樂於活在同聲同氣的集體氛圍，建立一種與尊重多元差異背道而馳的虛幻公共領域；二、經歷了三數十年的「全球化」洗禮，一國之內的經濟主權正逐漸消失，政權愈來愈無能於回應及解決國內民眾面對的經濟風險、問題和焦慮，於是傾向於轉移視線，將社會矛盾外化，縱容甚至鼓吹仇外、反移民、種族歧視、不容忍小眾、宗教極端主義，嘗試建立一種「文化主權」，以置換喪失中的「經濟主權」，掩蓋了當代新自由經濟與權貴資本、專政統治合謀的底蘊；三、伴隨「全球化」擴散的，是建基於歐美自由主義的人權意識形態，為世界各地的移民提供了一種最低的保障，亦促成了近年困擾歐美國家的移民潮的出現。阿帕杜萊進一步指出，這三個新出現的社會條件，再加上全球經濟不平等的擴大、社會福利的倒退、金融化及伴隨而至的對經濟風險增加的焦慮，令我們對緩慢的民主商議、公平合理的程序等自由民主制度的支柱，愈來愈失去耐性，同時對多元異聲不再容忍，最終投向民粹、專制甚至極權的懷抱。

這富有洞見的分析，有助我們理解，當代正走上離棄自由民主之路的國家，其政治領袖由於無法控制國家的「經濟主權」，實質解決民眾的生活問題，往往只能借助排外及高舉(往往是白人至上)的種族主義，同時打壓國內的文化小眾、異議聲音、平等多元的價值，鼓勵宗教極端主義、性別歧視等方式，嘗試轉移視線。民眾方面，則以選票或其他方式提出他們的不滿。票投專制強人或反民主政客的各地選民，主要表達的，是對既有的代議政制並未能照顧其利益和明白其情感的厭倦。

循此角度，我們不難理解，特朗普最近倡議的進口關稅，其實很可能只是中期選舉臨近的一種政治姿態。很難相信，全球經濟已變得你中有我我中有你的狀況下，美國的政商領袖，會容許全面的國際貿易戰；同樣道理，我們也不應期望，失去「經濟主權」後的香港財政預算案，能夠提出方法，認真而系統地回應、長期而全面地解決本地民眾的生活訴求。因此，為甚麼2018年香港的財政預算案一出，招惹最多的回應，竟是全民報考免費DSE及全民派錢(或回水)等建議。這些民間的聲音，自然不一定是深思熟慮的反響，更多的是一種不滿或憤怒的情緒投注，這大概也適用於分析為何仍有不少立會選民，願意把手中選票，投給反自由民主的建制派——以釋法DQ、修改議事規則，禁止或打擊仔細質詢、司法覆核、「拉布」等維護程序公義、多元異聲的民主體制的政治力量。

告別「文明」的情感政治

《大倒退》中另外兩篇文章，補充了有關民眾的情緒政治的分析。一篇是剛離世不久的社會學者鮑曼(Zygmunt Bauman)的遺作，他借用了艾柯(Umberto Eco)的觀察，指出了當代民眾之不能容忍他者，建基的是一種對「未知」(unknown)的恐懼情緒，這種情感最危險之處，是它並非依據任何明確的教條(或意識形態)，而是衍生自一種存活於不確定年代的情感狀態，一種由政權不斷放棄其對國民生活和未來的責任(例如，香港的財政預算案)而造成的前途未卜焦慮，並被轉化為仇外的憤怒情緒、妒恨政治，造就互相不信任的社會氛圍。與阿帕杜萊相似，鮑曼的分析也建基於全球化下一國之界限的逐漸失守，因此援用過去依據民族國家框架所衍生的政策工具，希望能回應新的文化、經濟的跨界聯繫及其產生的後果，只是緣木求魚。

另一篇題為"Decivilization: On Regressive Tendencies in Western Societies"的文章，作者Oliver Nachtwey點出，當代社會出現愈來愈多的建基於仇恨和報復的暴力，民眾已不再忌憚於直白表露各種過去被「文明」監控的情感，例如妒恨、憤怒。如果「現代文明」的根本，如弗洛伊德所說，在於人類對自身的七情六慾的規限、控制和管理，而壓抑自由民主的專制及伴隨而至的暴力，則是反「文明」的標記，那麼近年湧現的經濟掠奪、赤裸仇外、欺凌小眾、濫用法律等政治經濟暴力，或可被視作為「文明的倒退」。

恐懼、焦慮、虛無、妒恨的情感政治

文集中齊澤克(Žižek 2017)的文章則指出，在今天，不論是來自左翼或右翼的政治能量，建基的主要是一種源於恐懼的政治(politics of fear)。在歐美的社會脈絡中，這種恐懼的政治具體呈現為右翼的排拒移民或懼怕女性主義，以及左翼對極端民粹主義的擔憂。而在香港，恐懼政治則見諸政權建制所最高舉的反港獨、求安定、怕爭吵，又或泛民對極權、本土對「強國」臨近的憂慮。

然而，除了基於恐懼的政治外，還存在另一種相近的集體情緒，或可稱之為焦慮的政治(politics of anxiety)。恐懼往往針對特定的對象(或其臨近)，因此恐懼的政治指向的，是嘗試消滅引起恐懼的源頭，從而產生各種拒外排他的思想和行動，甚至誘發集體的妒恨(resentiment)，也就是一種揉合無力感、嫉妒與怨恨的情感狀態，從而衍生各式針對特定對象的報復踐行；焦慮則源自對自我身份的懷疑甚至否定，對無法達致的完美或純潔形象的不斷追求及反挫，因此，儘管焦慮會讓沒有對象的擔憂擴散，也就是所謂「杞人憂天」，但由於難以找到清晰的鬥爭對象把問題簡單外化，所以建基於焦慮的政治所導向的，可以是一種轉化自身的集體訴求，一種嘗試從犯錯中不斷學習的政治潛能，這也是為甚麼齊澤克建議，我們應從恐懼轉往焦慮的政治。

不過，需要小心的是，無處不在的焦慮，包括對過去的工作或努力，以至自身存在的意義的懷疑甚至否定，也有可能被轉化成內咎虛無。尼采指出，內咎虛無不斷訴說的正是：「這是我的錯，這是我的錯」，直至個體完全失去能動力。

在極權臨近、希望匱乏的年代，恐懼、焦慮、虛無、妒恨等情感於本地湧現，自是無需過於驚訝。直面這些集體情緒之餘，學習分析和理解它們如何影響民眾的民主訴求、政治取態，包括投票或不投票的意向，應是香港民運的當前要務。缺乏對情感政治的深入分析，選戰的檢討就無法搔着癢處；而要準確捕捉民眾的集體情感，則有必要思考其身處的社會脈絡。

面對這全球性的「文明危機」，《大倒退》的多位作者均嘗試思考可能的出路。阿帕杜萊看到全球化在催生仇恨暴力的同時，也打開了容讓民間進行跨界聯繫、作社會自救的窗口，從中我們可以探討一種由下而上的全球化方向；呼應阿帕杜萊的思路，Nachtwey強調在傳統社區消失、國家政權失效、社會福利解體的全球脈絡下，重建各類民間組織的重要性。因為，面對前景不確定、風險處處的年代，日益原子化的個體，往往只能在民間社群和組織中，找到願意聆聽其聲音之處，從而生長出一種能夠掌控自身、介入社會的主體意識，孕育民主與文明的價值與行為。最後，鮑曼補充，要發展出能有效回應當代的社會與文化危機的具體方法和措施，並非一蹴而及的事，為此我們需要一場新的文化上的革命，當中包括長期的思考與計劃，冷靜的腦筋、鋼鐵的意志和堅強的勇氣，而最重要的是擁有一個全面而認真的長遠願景，以及大量的耐性。而齊澤克的建議，一如既往，就是強調「學習、學習、學習」。

這些建議，對於同樣正步入民主疲憊、文明倒退時代的我們，恐怕值得認真對待。

極權精英冒起　專業官僚殞落

讓我們把焦點移回香港。

權力除了令人腐化，也往往教人傲慢，甚或語無倫次。大概真的以為自己「好打得」，成為特首後，林鄭月娥勇於披甲上陣、一「婦」當關，忽然變身憲政專家，批評大律師「精英心態」，不懂國家法律；忽然又化作「公僕奶媽」，要求公眾「包容」其犯錯下屬，否則「人才」就不願走進已升溫的「熱廚房」。

「精英」的拉丁詞源是 *eligere* ，意指「選擇」。「精英」也就是少數的「被選中者」，可以掌控財富、擁有特權、宰制民眾。所謂「精英心態」，描述的是自以為是的少數「被選中者」，抱我不入地獄(或「入熱廚房」)誰入地獄的君臨天下之勢，藐視黎民百姓甚至專業工藝。由此觀之，指依據法律專業批評「一地兩檢」的本地大律師有「精英心態」，要不是「一朝得志、語無倫次」，就是混淆了「精英」和「專業」，甚至是以「精英心態」取代「專業」。

過去，掌控財富、擁有特權、宰制民眾的「精英」，不一定排拒「專業」，更往往借助優越的文化資本而同時成為專業人士。然而，當「精英」不再尊重「專業」，只剩下自以為是的傲慢，也就是其墮落之開始。而擁有權力的精英的墮落，也就是「熱廚房」升溫之時。

特區政府這「廚房」之所以變熱，並不是由於品格檢查「過於」嚴格。事實上，要求掌管司法的官員不會知法犯法，又或應該避免公務與家族生意有利益衝突，應是「好合理好合邏輯」的。如果「人才」或委任「人才」者連這基本的常識也不懂，或不顧，我們大概需要重新定義「用人唯才」的確實含意。

一般的廚房之所以變得愈來愈熱，大概反映了管理者和廚師的專業水平出了問題，或程序混亂、沒規沒矩，或人多手雜、火頭處處。借用來描述香港政府團隊，大概也可適用。

特區政府這「熱廚房」之升溫，與漢娜·阿倫特意義下的「極權主義」(totalitarianism)的臨近關係密切。如果「威權管治」(authoritarian rule)要的是打壓甚至消滅所有政治上的反對力量，那麼「極權主義」則嘗試取締政權領導以外的所有其他權力的來源，包括法律及其他專業知識，以至新聞出版、宗教信仰、學校教育、家庭社區。換句話說，「極權」之「極」(total)，在於對權力源頭的絕對壟斷——只此一家，別無分店。在這種排他邏輯主導之下，任何有可能挑戰極權領導的潛在對手，例如只信服專業知識的精英，又或是為藝術而藝術的社群，以至認為地上的權力全源自天上的神的教會寺廟，甚或循規蹈矩按章工作的政務官員，都必須貶抑打壓或重新改造，令權力定於一尊。要求每個個體絕對順服的極權領導，無法容忍任何可能偏離其意志的其他權力源頭，因此會想方設法排拒或收拾來自不同領域、擁有不同知識和技能、具創造力和專業經驗、往往會堅持己見的「第一流的天才」，包括親政權的知識精英。結果，正如阿倫特在《極權主義的起源》中指出，被極權領導「選中」的人，都「是一些騙子和傻瓜，因為他們缺少智慧和創造力，這正是他們的忠誠的最好保障」(p. 439)。

當這些「被選中者」全都是「騙子和傻瓜」，水平低下、沒規沒矩、不依程序，「廚房」就容易烽煙四起，愈來愈熱；用人唯「忠」、頭痛醫腳、漠視專業知識、妄顧常識事實，導致社會矛盾與問題不斷積累的政府，真正的「人才」自然不願靠攏，管治及行政質量只能每況愈下，於是「熱廚房」再不斷升溫，陷入惡性循環。

資深大律師吳靄儀一再提醒我們，北京政權收拾香港立法議會後，也不會放過法庭。需要補充的是，要實現「全面管治」，還得改造行政官僚，令他們放棄依章辦事、文山會海、循規蹈矩的習性，懂得特首林鄭月娥所強調的「靈活應變」。官僚系統的僵化，無疑常令人沮喪，但非人治的「工具理性」，卻同時可以保障每一個市民都能夠獲得相對公平的對待；相反，配合「全面管治」的「特事特辦」(例如要求警察在執行職務期間不受刑法約束)，劍指的是官僚規則的程序理性，嘗試取消其相對中立的政治取態，以至依據規章法律、既有程序及辦公室行事慣例的權力源頭。經歷了廢掉議會武功的DQ修例，馴服法庭的「一言九鼎」，以至改造行政官僚的「靈活應變」、「特事特辦」，「三權合作」式的「全面管治」於焉大功告成。

兩面受敵的最後堡壘

統合行政、司法、立法的全面威權管治，與滲透民眾日常生活的極權主義，仍有一段距離。然而，追求「全面管治」的政權力量，看來並不滿足於對政治權力的壟斷，同時還不斷收編媒體、統戰宗教、更新課程、組織家長、踏足社區、干預演藝、貶抑知識、漠視事實，以暴力、恐懼和謊言(例如不斷重複「人大常委」而非中共政治局常委是國家的「最高權力機關」，又或一地兩檢不需要法律條文的「法律依據」)改造民間社會，嘗試取消政權以外的其他一切權力源頭。

在走向極權之路的過程中，置身兩極分化、希望匱乏、「失敗」成為常態的社會脈絡，加上由階級政黨構成的公共政治空間的萎縮，民眾往往容易變成為無組織、憤怒而孤獨的個體，不信任過去的「精英」領袖、政黨政客，失卻對未來的期盼，變得「玩世不恭或因厭倦而冷漠」——甚至在「面對死亡或其他個人災難」之時。這些孤獨、絕望及犬儒的個體，常會傾情於「最抽象的概念」，例如(帶點暴烈的)民族主義，希望以此作為生命的指引，但卻藐視「最明顯的常識規則」(阿倫特2008)，也不會尊重基於事實的知識和專業。

大多數對舊式階級政黨政治冷漠和犬儒的民眾，尤其是年青一代，其絕望和憤怒，往往源自他們在新時代的困境和需要，無法為「精英」領袖、政黨政客所感所知，更遑論受到重視。他們被認為是「廢柴、食塞米」的「失敗者」，又或是缺乏公民意識的「港豬」，不願意為「大局」而投票，因此對「精英」領袖、政黨政客來說，是「多餘的人」，無需理會，又或只以各種語言偽術打發掉。於是，面對階級政黨的放棄，以及政權內部愈來愈多的「騙子和傻瓜」的頭痛醫腳、倒行逆施，這些絕望而孤獨的「沉默大多數」，厭惡「精英」、唾棄選舉政治、藐視已然走樣變形的「依法管治」、「理性事實」，只是一種「好合理好合邏輯」的反彈，亦很容易為針對舊式「精英」領袖、政黨政客的極權主義運動所吸引，不論極權主義運動的領導來自民間的幫會式領袖或網絡紅人，又或是衍生自同樣傾向全面統治的政權內部或建制集團。

當民眾與政權同時都有走向極權主義的傾向，已備受打壓、限制、削權——儘管仍比中國大陸相對獨立——的立法、司法、學術、新聞等領域，以至各種曾被高揚的「普世(歐美)價值」，例如對民主、平等、自由、人權等信念，變得更加岌岌可危。面對這上下夾擊的極權趨勢，如果我們仍然願意守護民間的多元生活、自主空間，就需要保衛政權領袖以外的其他權力源頭，包括尊重實證的專業知識、透明公正的規章程序、豐富多元的宗教信念、創新求美的藝術實踐，並同時嘗試改造教會、學校、家庭、社區、專業社群和經濟單位等社會組織，去除它們的壟斷權力，孕育開放多元、平等互動的價值和人倫關係，讓被墮落了的「精英」界定為「多餘的人」，可以告別孤獨和尋得希望。

2. 重思法西斯主義

雨傘運動期間和前後，網絡世界中的論爭，不時出現「法西斯」一詞，大多是相互指責——或是批評排外本土主義，或是針對大陸的集權統治。認真梳理這概念的理論和歷史含意，以至探討它對分析當代香港以至全球狀況的參考價值，卻相對缺乏。然而，隨着國際局勢和本地政治的急劇變化，認真思考「法西斯」的歷史和原理，似乎變得愈來愈有相關性和迫切性。事實上，不少歐美的論者，也正在思考當代的右翼排外民粹政治的興盛，是否意味着法西斯的重臨。

香港與全球的文化政治危機

本地政治的紛爭，並沒有隨着佔領運動的完結而消退。相反，隨着貧富懸殊擴大，中國大陸政治經濟狀況及管治方式的轉變，主導香港政治走勢的特區政府也「愈戰愈勇」，進一步激化本已十分尖銳的社會矛盾，強力衝擊香港社會過去依賴的廉政和法治，收編傳媒干預大學，限制言論學術自由，減弱民間透過正式渠道監察政商濫權的能力，催生各種體制外的抗爭，導致政治力量更趨兩極，同時放大中港矛盾，加速了本土主義的興起。

國際方面，歐洲的難民危機引發新一輪的排外浪潮，這次矛頭所指的，是伊斯蘭文化，而貧富分化和失業率高企，更加劇了社會矛盾，同時孕育了左、右兩翼的激進政治的復興，當中尤以遍及整個歐洲和美國的右翼排外政治力量更令人憂慮；甚至在戰後享受了一段相對長的和平時期的東亞地區，今天的地緣政治衝突也日益浮現，從北韓核武問題到南海紛爭，似乎也正為過去幾十年的和平局勢響起警號。

不論國際或本地，山雨欲來之勢已成，與二十世紀初頗有點相似之處。然而，當今歐美部分政治力量對伊斯蘭的歧視排拒，或各地紛紛出現的本土排外主義，與二十世紀初的納粹排猶，是否可以類比？銅鑼灣書店五子失踪及大陸維權人士被捕、功能團體與「有權用盡」，這些管治方式的轉變，能否透過研究德意等法西斯政權的性質和經驗，得到更深入的理解？認真地回顧檢視二十世紀初法西斯和納粹主義的歷史，也許能為有助我們分析以至準備迎接新的歷史階段。

不過，在回顧上世紀初的法西斯運動之前，有必要首先說明，當代香港所面對的內外環境，與八、九十年前的世界局勢，儘管有些接近，但同時也有不盡相同之處。類近的地方，包括貧富差距日漸增加、經濟增長放緩、金融投機加劇、自由民主法治的削弱、政治兩極分化、排外意識滋長，預示我們正步入了不穩定的危機年代；而重要的差異，則包括當代仍未經歷一戰和經濟大衰退等劇烈動盪，而且今人也或多或少對過去的法西斯思潮和運動存有戒心。在此種新的社會環境之下，政治經濟的條件確實有利於鼓吹排他的極權政治的滋長，這從歐美近年的極右政治勢力的冒起，以至香港近年政治文化的變化，可見一斑，因此一些論者提出了法西斯主義正在回潮的警告，並非完全是空穴來風；不過，儘管如是，說今天會重複意大利法西斯和德國納粹的歷史和引伸的戰禍，似乎也言之尚早。歷史自然不會完全以相同的面貌重複出現，因此，回顧過去時需小心分辨異同，並從中嘗試找出有助理解當代問題的參考。

法西斯(不)是甚麼——尋找法西斯的本質

檢視歷史可採用兩種互補的方法，一是把過去發生的事情，置放回當時身處的歷史環境，理解它的生成和發展的獨特條件；另一是從眾多相類近的歷史事件中，提煉出一些根本而共同的特性。採用這兩種互補的方法，可讓我們在尊重歷史事件獨特性的同時，也能抽取一些有助理解當代問題的共通經驗，超越只依據表面的現象而作出過分簡化的概括。

回顧上世紀初的世界歷史，我們不難發現，當時各式各樣的法西斯運動和思潮，不僅遍佈歐洲，同時也出現於南北美和亞洲。儘管由於德意日的法西斯力量奪取了政權並發動了戰爭，因而備受關注，但法西斯並非只有反猶、專政的一面。因此，想要深入理解不同面貌、不同形式、產生不同影響的法西斯經驗，只能對不同地方出現的法西斯主義進行仔細而具體的分析。

網絡輿論中，經常被用作罵人的「法西斯」一詞，其具體含意，其實並不清楚。從使用者的前文後理，我們可以間接猜測，「法西斯」大概是指暴力、排外或專制集權統治。然而，如果「法西斯」指涉的是上世紀二、三十年代出現的歷史現象，那麼一般而言的「暴力、排外或專制集權統治」，恐怕並不能完全準確描述「法西斯主義」。

二十世紀初的法西斯主義，孕育自二次世界大戰之間，並於30年代的經濟大衰退中逐漸壯大，造就了建基於國族仇恨或經濟保護的民族主義及帝國擴張的基調，亦由於曾出現對猶太人的大屠殺，因此往往被等同為一種排外的政治運動。然而，民族主義並不一定排外，在納粹德國統治之外的歐洲法西斯政治力量，激烈的反猶太並不常見。例如最早建立法西斯政權的意大利，於1922年到1938年間，不僅並沒有出現象納粹德國的大規模排外，更一度成為接收猶太難民的地方，直至1938年後與德國結為軸心國，才跟隨納粹反猶太。

法西斯大多崇尚暴力甚至歌頌戰爭，但我們卻不能以鼓吹暴力和戰爭來定義法西斯主義。事實上，不少歷史和當代位於不同政治光譜的政權，例如十八至十九世紀建立了強大的自由主義傳統的英國，其殖民擴張的歷史，充滿暴力和戰禍；又例如政治光譜另一極的第一個共產政權蘇聯，對外(如鎮壓布拉格之春)和對內(如斯大林上台後的黨內大清洗)，也不乏鐵與血的洗禮；甚至是強調慈愛救贖的宗教，也曾產生歷史上的十字軍東征，同樣鼓吹戰爭以至不忌憚使用暴力。

另一流行觀點，是認為法西斯等同專制統治。然而，這也並不確切。因為不是所有的專制政權都可(或會)被稱為法西斯，例如過去的中國皇朝；另一個更重要的原因是，儘管法西斯統治確實依據「領袖原則」，希特勒與墨索里尼也是如假包換的大獨裁者，然而，上世紀30年代的法西斯與傳統的專制政治，仍有一點十分不同之處——前者擁有數量不少參與政治運動的民眾的支持。換句話說，法西斯的專制統治，是建立群眾運動的基礎之上的。

還有一些常見的誤解，包括認為法西斯或納粹黨是經選舉上位的。其實，納粹執政前的總統選舉和國會選舉，希特勒和其領導的政黨的得票，從不超過百分之三十八，而意大利法西斯政黨上台前，其得票率更不足百分之一。希特勒與墨索里尼的所以能夠執政，主要有賴當時德意的權貴精英，基於恐懼一戰後社會主義和共產主義的擴散，不惜與狼共舞，扶持法西斯上台。此外，認為法西斯或納粹興起，主要由經濟基礎決定，包括失業率高企引起工人及低下階層的不滿及躁動，或把推動法西斯與納粹的社會力量理解為大資產階級的附庸，這些觀點都同時忽略了支持甚至參與法西斯或納粹的民眾，主要是農民、學生、小商人、手工業工人、低級職員或公務員等「中產」或「小資」階級。事實上，在上世紀20年代法西斯興起的過程中，失業率較德意還高的荷蘭等一些北歐國家，並沒有滋生像納粹一樣強大的法西斯運動。更重要的是，這種經濟或狹義的階級決定論，基本上忽略了政治及文化心理面向於法西斯運動中的重要性。

儘管從表面的現象並不容易概括法西斯主義的特性，但普遍呈現於各地的法西斯運動和思潮的，是針對其主要的政治競爭對手，包括馬克思主義指導下的共產國際和社會民主黨，以至基督教自由主義等力量；法西斯主義同時傾向漠視甚至破壞建基於自由主義的民主制度及法治程序，同時高舉民族主義(或種族主義)、弱肉強食的社會達爾文主義等價值、信念，並宣揚激情、意志，貶抑理性、知識。

不同的思想家曾嘗試從這些共通點提煉出法西斯主義的根本性質，提出諸如「反動的現代性」、「保守的革命」、

「反個體主義」、「務實的犬儒主義」等不同的判斷，又或借助精神分析的視角，強調集體的心理慾望在當中扮演的重要角色。下面將會介紹這些不同的觀點，並嘗試從中尋找有助我們理解當代變局的參照：如何從回顧二十世紀初的歷史，探討法西斯主義的性質、源起、成因和產生的效果，並分析及提煉出法西斯主義的核心或本質是甚麼？這樣的歷史探究，如何有助我們理解當代世界局勢和香港社會的政治變動？並解答香港、中國以至全球是否正在迎接新一波的法西斯主義浪潮？倘是，各地的民間社會需要做些怎樣的準備，以作回應？

如何討論法西斯？

指出法西斯不是甚麼，並不是要求我們拋棄這概念，而是希望在使用時，盡量清晰地說明其具體含意，討論其產生的歷史條件及運作邏輯，避免隨便以道德譴責取代認真的分析——這不僅無助我們理解法西斯興起及發展的具體社會脈絡，更會把真正的問題掩蓋取消。

以下介紹幾種對法西斯的特質頗有洞見的分析視野，供有意認真思考法西斯主義的讀者參考。

德意法西斯政黨上台後，在政治上第一件事就是破壞民主制度和程序，經濟組織上則以不同程度的職團主義(corporatism)取代階級分工和淡化階級矛盾，壓抑個人在政治和經濟等領域的自主自由，把處在不同階級位置上的個體，統合於國家政權的全面領導之下。波蘭尼(Polanyi 1935)因此把法西斯的本質界定為反個人主義(anti-individualism），他指的個人主義，核心是擁有靈魂的平等個體，相對的是被納入科層社會、失去不順服權利(rights to non-conformity)、只剩下動物本能的群眾。波蘭尼認為，法西斯主義除了以反民主制度與法治程序見稱外，其主要針對的敵人，還包括個人主義、社會主義和基督教精神。法西斯主義的幾個主要敵人之間關係密切，其實都是源出於個人主義，例如追求人人平等的社會主義和基督教精神，它們所共同建基的，是一種尊重有靈魂或選擇自由的個體，就像馬克思的共產主義想像——一種「自由人的聯合體」；而在一人一票沒篩選的民主選舉制度下，佔人口大多數的低收入民眾，很可能會造就社會主義政黨上台執政。因此，法西斯主義者確信，要「排擠社會主義，必需先袪除民主」。波蘭尼認為，法西斯主義者對其敵人的分析，並沒有太大的誤解，事實上，二十世紀初歐洲的議會選舉，基本上都是社會主義政黨得票較多，甚至在20–30年代的德國，社會民主黨加共產黨的得票率，在絕大多數時間都高於納粹黨；而意大利法西斯於民主選舉中差強人意的表現，自然更不在話下。

另一個重要的視點，來自活於法西斯年代、被墨索里尼投進監獄的意共領袖葛蘭西。他認為，意大利法西斯是同時包括激進與保守兩翼的群眾運動，其核心除了依賴魅力型領袖外，更重要的是獲得人民的共識支持。他引用位置之戰(war of position)或持久消耗戰(war of attrition)、被動的革命(passive revolution)與統識(hegemony)等概念分析法西斯主義的性質，指出它的核心並不在於奪權式的改朝換代，而是在社會的各種制度組織及生活領域內逐步滲透改造，生產出一個民眾願意接受的不民主統治體制，以及對民眾自身的壓迫；其成功的前提，是打造出令百姓主動支持的共識。深受葛蘭西影響的拉克勞(Ernesto Laclau)，伸延前者的分析，提出法西斯源自當時歐洲的兩重危機：一方面是佔統治地位的權力集團因逐漸失去統識而形成的危機(hegemonic crisis)，另一方面則是工人階級(包括其政黨)的危機，具體表現為無法於民眾中建立新的統治共識，這是囿於教條化了的馬克思主義的經濟決定論和階級約化論的框框，使工人階級(組織及政黨)無法脫離對狹義的階級利益(例如產業工人的工時、工資和其他福利等權益)的執著，漠視工人和其他社群的多元民主需求(populist-democratic demands)，包括文化活動、社群連結、性/別關注、心靈滿足、宗教信仰、民族情感，以至對公平公義等道德價值的追求。晚期的拉克勞在 *On Populist Reason* 一書中，進一步發展出一套民粹政治的理論，透過更細緻地分析葛蘭西的統識概念的具體操作，加深我們對作為一種民粹政治的法西斯主義的理解。

借用拉克勞的民粹理論，我們可以了解到，一種集體身份(例如法西斯)的建構，主要是依賴意義含混的命名(naming)，建立能夠裝載各類紛雜訴求的空洞概念，例如「愛國」、「民族」、「人民」，嘗試吸引身處不同位置、追求不同訴求的民眾，認同於這些空洞概念所指向的集體身份(例如「優越的德國人」)，當中情感的投入十分重要，而修辭與演練(例如重複參與集會等儀式)遠比概念是否精確連貫重要。透過這些意思含混的「空洞能指」(empty signifiers)[2]，嘗試裝載群眾的各種焦慮和狂熱的情感，並以道德譴責取代理性分析，法西斯的民粹操作於焉形成。拉克勞以失序的社會為例，指出混亂的環境中，民眾很容易產生追求「秩序」的渴望，而不在乎那一種秩序才是最合理的安排，換句話說，民眾並不要求對「失序」、「秩序」的邏輯理性分析，而只在意於疏導情感上的焦慮。

不過，儘管葛蘭西和拉克勞對法西斯主義的分析均指向情感在政治操作中的重要性，但他們並沒有深入探討法西斯的民眾心理及精神面貌。下面將介紹循這方面探討法西斯主義的幾種重要觀點。

邪惡的平庸：法西斯的民眾心理及精神面貌

希特勒與墨索里尼也許狼子野心、心狠手辣，但他們的數以萬計的追隨者或支持者，是否也大奸大惡？還是擁有另一些不太一樣的情感性格？他們普遍的精神面貌是怎樣的？這是哲學家海德格爾的兩位優秀弟子馬爾庫塞(Herbert Marcuse)和漢娜．阿倫特共同關心的問題，也同時給出了類近但卻不盡相同的答案。另一邊廂，與馬爾庫塞和漢娜．阿倫特基本上同時代的心理學家賴希(Wilhelm Reich)，則以別的方式提出相關的問題：為何上世紀二、三十年代為數不少

2　拉克勞所指的空洞能指，在嚴格的理論意義上是指嘗試命名一種無法統合差異的「不可能的完全」(impossible fullness)，也就是說各種不同的社會需求所的多元紛雜性質(heterogeneous)，是難以完全被統合為一的。然而，嘗試建立這種不可能的統合，卻是建構統識性的(集體)身份(hegemonic identity)所必須的。而這種既不可能但卻是必須的操作，只能透過空洞能指這中介來完成。

的德意民眾，會支持納粹法西斯政權——一個限制自由、消滅民主的政權？或為何群眾欲求一個壓抑自身的政權，選擇法西斯而非解放人民的革命？對這些問題，Reich給出了頗具創意的解答。

與其師海德格爾親希特勒政權的立場相反，對納粹持批判態度的馬爾庫塞和漢娜．阿倫特，先後被迫流亡美國，分別深入而批判地描繪納粹治下支持或順從法西斯的德國民眾的精神面貌。馬爾庫塞於第二次世界大戰期間寫就的兩篇長文〈納粹主義下的國家與個人〉(State and Individual under National Socialism)及〈新德國精神面貌〉(The New German Mentality)，仔細分析了在國家社會主義(納粹主義)統治下，德國民眾的情感性格。與卡爾．波蘭尼(見上文)的觀點類似，馬爾庫塞認為，納粹統治所強調的生存競爭、官僚理性、科技效率、現實政治，完全掃除了道德考量，令群眾逐漸轉化為只剩下為保存自我的極端自私本能，產生了一種極權的社會(totalitarian society)，以及一種新的精神面貌和政治文化：包括以民俗文化、種族/民族、血與土等集體身份以至神話迷思的建構，把個體的私人生活、工作、閒暇政治化，社會關係被納入了無孔不入的全面統制；另一方面，講求物質利益、為達目的不擇手段的馬基雅維里式現實政治(*realpolitik*)，配合「弱肉強食」的社會達爾文主義，打造出今天的香港人不會陌生的「搵食大晒」、貶抑理想願景、「係咁架啦、好出奇呀」(matter-of-factness)式的犬儒主義；最後是賤視智性討論、歌頌勇武戰爭，崇尚強身健體、進侵意志，以民族的災難命運、帝國擴張，作為連繫政權與

(由原子化了的個體所構成的)群眾的紐帶。

儘管納粹政治的操作依賴種族神話、民俗迷思、身體與自然、意志和情感等元素，但馬爾庫塞的洞見在於揭示了這「非理性」的外衣之下，納粹主義的核心其實仍然是十分(工具)理性的：觸發法西斯狂熱的燃料，歸根究底還是無視道德、把民主自由視為虛妄的赤裸物質利益和政治權力。這種馬爾庫塞稱之為科技理性的運作邏輯，無遠弗屆，甚至觸及個體的私密，於是性與生育也屈從於優生設計、國家利益，為經濟和軍事擴張等赤裸裸的「現實政治」目標服務。

馬爾庫塞的同門漢娜・阿倫特，則以協助屠殺猶太人的納粹軍官阿道夫・艾希曼(A. Eichmann)為案例，提出了著名的「邪惡的平庸」(banality of evil)的論斷。在《艾希曼在耶路撒冷——一份關於邪惡的平庸的報告》(*Eichmann in Jerusalem – A Report on the Banality of Evil*，下簡稱 《艾希曼》)一書中，漢娜・阿倫特從戰後審判艾希曼的材料中，仔細描繪這個中低層納粹軍官的精神面貌，得出了這類積極參與「反人類」暴行的納粹份子，其實並非窮兇極惡、精神異常之徒(幾位精神病醫生都證明艾希曼完全正常)，而是謹小慎微、盡忠職守的納粹機器中的一件零件，或在官僚系統中喪失了思考能力的人，也就是「無思者」。無思(thoughtlessness)並不是愚蠢(stupidity)，而是完全沒有能力從他人的視角思考事情，只能不斷重複己見、自說自話，聽不見異聲，自然沒法與他人溝通；活在由官僚的空廢語言築構的高牆之內，難免不知人間何世，對社會現實離地無感。

更糟的是，「無思者」也同時是「自戀者」，除了無思地執行由上下達的職責——艾希曼曾對以色列的警察說，如果職責需要，他會把父親送上死亡之路——，他唯一關心的是自己的榮譽地位。從艾希曼與警察的對話記錄中，漢娜．阿倫特發現，錯記很多歷史事實的艾希曼，卻能準確記憶其職業生涯的轉捩點，並毫不猶豫地不斷向警察重複解釋，他的職位之所以無法更上一層樓，並不是他的過錯。

儘管漢娜．阿倫特寫作《艾希曼》的目的，並不是想建構一套有關納粹民眾心態的普遍理論，而是希望把反思的焦點，置放於特定的個體應擔負的道德責任，然而，她對艾希曼的無思自戀的仔細描寫，其實也在不同程度上適用於科技理性孕育成長的現代個體身上。而久經學校和官/職場訓練的現代個體，看到艾希曼在納粹戰敗後的這一段迷惘慨嘆：「我感覺將要活於再沒有領導的艱難個體生活之中，再不會從他人中得到指示、命令和方向，也沒有相關的規條指引，一種我從不知道的生活將橫貫於面前」，大概也不會對這種逃避自由的獨白感到陌生。而在科技理性和現實政治包圍下的逃避自由、道德無感、慣受指令、自戀無思的個體，正是讓大屠殺發生、法西斯坐大的民眾心理及精神面貌。

性壓抑與法西斯群眾心理

如果說馬爾庫塞與漢娜．阿倫特為法西斯的民眾心理及精神面貌提供了深入而仔細的描述，那麼Reich則嘗試為法西斯民眾欲求自我被管控和壓迫的行徑，提供一種結合馬克思與弗洛伊德的社會精神分析。Reich認為，法西斯民眾的心理，歸根究底源自專制家庭和社會中廣義的性(libido)壓抑，習慣於父權規限、快感慾望長期備受壓抑的兒童，長大後容易變得聽話馴服、順從權感，而進入社會之後，由於學校、企業、政府與家庭的權威結構基本相同，因此延續了民眾的順服，甚至傾向認同壓迫他們的權威，尤其容易出現於性壓抑特別嚴重的中產或小資家庭背景的人，這也是為甚麼法西斯和納粹的主要支持者，以中產或小資階級為主。Reich進一步解釋，德國不少女性也支持納粹，反映的是長期的性壓抑加上宗教的罪咎感，令婦女更易受納粹反共的宣傳(如共妻)影響——也就是一種自我防衛的道德機制。

然而，生命衝動的長久壓抑，很可能導致日後極端的反彈。Reich認為，法西斯民眾之所以願意走向宗教及生物上的神秘主義，又或投入各種非理性的集體行動和儀式，甚至崇尚暴力，與性能量(或身心快感)長期受壓、無法滿足，因此需另覓出路有關。我們或可以想像，如果一個人自小就活在沒有性壓抑的環境，長期享有波蘭尼所指的不順服的權利，敢於追求和習慣享受生命中的各種愉悅，其身心狀態、情感性格，與法西斯和納粹所要取消的個體自由、要求服從權威，以至追求外在認可和賦予的榮譽與責任，以至在長期不爽而導致的殘酷施虐傾向(對自身和他人的壓抑和暴力)，是格格不入的。Reich因此認為，當時德國對民眾的性能量長期壓抑的權威家庭與社會結構，在每個人心中都植下了法西斯的種子，只要遇上適合的環境土壤，就會發芽成長。

如果說馬爾庫塞、漢娜．阿倫特和賴希以哲學和心理學角度，嘗試回到民眾自身，尋找被現代社會原子化了的個體內的法西斯精神面貌，那麼卡爾．波蘭尼則從政治經濟學，為我們提供一種長時段、大範圍的宏觀視野，分析法西斯興起的歷史根源；如果現代科技官僚理性、邪惡的平庸和性壓抑是每個人心內所潛藏的法西斯的種子，那麼孕育其生長壯大的土壤，則是主宰整個十九世紀歐美的自由放任主義政治經濟脈絡。

法西斯的歷史根源

大衛．李嘉圖(David Ricardo)是十八世紀末十九世紀初的英國政治經濟學家，他的時代也就是英國的經濟自由主義(或更準確地說，類近當代新自由主義般以放任不干預作修辭，實際上鞏固大企業壟斷特權的意識形態和社會政策)的黃金歲月。波蘭尼在其經典《大轉型》中宣稱，要了解二十世紀初德國的法西斯運動，必須要回到李嘉圖時代的英格蘭。意思是說，自十八世紀末十九世紀初嶄露頭角、其後統治歐洲超過一世紀的經濟自由主義，是導致法西斯興起的歷史源頭。

十九世紀的歐洲，是公認的政治與經濟自由主義堡壘。歷史社會學者華勒斯坦(I. Wallerstein)的世界體系第四卷的書名，叫《中間的自由主義的勝利 1789–1914》(*The Triumph of Centrist Liberalism,* 1789–1914)。他指出，自法國大革命後，「主權在民」與「政治常變」逐漸成為了歐美社會的共識。經歷革命洗禮後的世界，三種思潮乘機擴散，保守主義、自由主義和社會/共產主義互爭長短，最終自由主義「收服」了其他兩種思潮，獨領風騷。然而，踏進二十世紀，自由主義也開始步入黃昏。歷史學者霍布斯邦指出，歐洲的政治自由主義，於二十世紀初達至高峯，1914–1918年一戰期間，全歐大抵都採用建基於自由主義原則的民主選舉體制，但到了1930年代二戰爆發前，除了英國和一些北歐國家外，這些民選政治制度大多解體或失效。霍布斯邦把原因歸結為當時的民選制度根基不深，加上大量外移人口的衝擊、一戰的影響、經濟衰退和收入兩極分化等因素，造就了一個「災難的年代」，也孕育了法西斯主義的興起。

然而，波蘭尼卻追本溯源，指出政治自由主義衰落的遠因，與其一體兩面的法西斯主義的興起，早在一百年前極端的經濟自由主義冒起時已種下。他認為，這鼓吹一種永遠無法實現的完全自由的市場烏托邦意識形態，實質是以放任不干預之名，透過圈地、強制勞動、剝奪工人政治權利，同時限制政府的社會保障計劃和規管企業特權，為工商大户鳴鑼開道，掃除任何阻礙其發展的障礙。

對波蘭尼來說，法西斯主義的本質，正在於抹殺個體的自由，或取消「拒絕順從(主流)的權利」。而建立讓每個個體均能享有「拒絕順從(主流)的權利」，正是保障每個人的自由的必須條件；要體制化這種權利，政府的介入是責無旁貸、必不可少的。因此，高舉自由放任、無形之手的教條，實質是令弱勢社群和自然生態任由政商巨賈宰割。於是，在自由放任意識形態橫行的時段，也是貧富懸殊急劇上升、自然環境敗壞、民主政治倒退、文化生活窄化、社會保障弱化的年代。因此，對社會上大多數人來說，放任主義催生的，並不是真正的政治和經濟自由，而是大量民眾在缺乏體制保護下的流離失所，最終只會引發大規模的社會混亂，就像二十世紀初的兩次大戰和30年代的世界經濟大衰退。

波蘭尼認為，完全自由的市場經濟是永遠無法實現的烏托邦，而依據經濟自由主義的教條，強推「自由」貿易，妄想把人、土地和金錢轉化為商品，不僅注定徒勞，更會導致民眾流離失所、土地生態破壞、經濟陷於極不穩定的狀態之中。因為人、土地和金錢自有不同於商品邏輯的存活法則，人除了勞動或工作以外，還有七情六慾，除了追逐物質利益，也能夠捨生取義；土地除了被買賣牟利、填平建屋外，還是自然生態的重要支柱，過度開發，最終必定破壞生態平衡；把金錢當作商品炒賣，貨幣外匯的價格大起大落將會令貿易難以為繼，而脫離了政治軍事的支撐、失卻民眾的信任，金錢也無法成為商品交換的媒介。因此，依據放任不干預的教條，鼓吹無法實現的市場烏托邦，強推人、土地、金錢的商品化，令經濟兩極分化、衰退蕭條，讓人與自然流離失所、躁動不安，必定會遇到反抗，或波蘭尼所稱的社會自我保衛。二十世紀湧現擴散的社會/共產主義、凱恩斯新政和法西斯主義，其實源於對經濟自由主義(或放任教條)所造成的流離失所的抗命，也就是建基於人(社會)與自然的自我保護的需求。

法西斯也是一種社會的自我保衛

與同期影響力大增的凱恩斯主義和社會主義(或共產主義)思潮一樣，法西斯主義興起的歷史脈絡，正是各種政治力量對市場烏托邦的概念(或自由放任意識形態)的唾棄。這些政治力量之所以不約而同地離棄經濟自由主義的教條，皆因後者造成了二十世紀的種種問題，包括經濟衰退、收入兩極分化和大量民眾流離失所。

在不同時地的社會脈絡，回應經濟自由主義教條這極端力量所造成的破壞，社會的自我保衛以不同的面貌出現。在英美是凱恩斯新政(New Deal)，在北歐是民主社會主義，在德國、意大利和西班牙，是法西斯主義。

然而，無論是靠近古典自由主義的凱恩斯新政，或追求革命/改革的共產主義/社會主義，以至既激烈又保守、既現代的又野蠻的法西斯主義，全部都抗拒高揚「大市場、小政府」的自由放任教條，或更準確地說，嘗試在經濟自由主義教條所造成的破壞——急促市場化引起的流離失所、兩極分化導致的經濟衰退——的廢墟下，提出走出困境的不同方法。在上世紀二、三十年代，為世界帶來鉅大災難的法西斯浪潮，也是社會為抗拒自由放任教條的破壞而衍生的其中一種自我保衛方式。循波蘭尼的思路，沒有經濟自由主義教條的因，也就不會有法西斯的果。

從納粹黨著名的25條綱領，可以看到當中不少是針對經濟自由主義教條的：取締不勞而獲的收入，廢除利息奴隸制；要求將一切托拉斯和大百貨商店收歸國有，廉價租賃給小工商業者、分享一切重工業的利潤、大規模建設養老育幼設施；制定一項為了公益而無代價的沒收土地的法令，要求廢除地租，要求制止一切土地投機活動[3]。這些綱領，與同是反對放任不干預的社會主義或共產主義其實分別不大。而

3 引自https://zh.wikipedia.org/wiki/%E4%BA%8C%E5%8D%81%E4%BA%94%E7%82%B9%E7%BA%B2%E9%A2%86

納粹黨的全名，不正是民族社會主義黨嗎？

波蘭尼提供了一個有助我們更深入理解法西斯主義的視角，或他所說的由經濟自由主義教條所造成的法西斯處境(Fascist situation)，讓馬爾庫塞、漢娜·阿倫特和賴希所分析的潛藏每個人心內的法西斯精神面貌，得以化成現實的集體行動。波蘭尼的深刻洞見，還在於看到了法西斯主義並沒有真正解決自由放任教條所帶來的民眾災難，因為它否定了個體的自由——「拒絕順從(主流)的權利」。不幸的是，作為法西斯主義的其中一個重要的競爭對手——(教條化了的)馬克思主義，或蘇聯式的共產主義，只關心追求左翼的正統地位，樂於以經濟決定論的陳腔濫調、狹窄的階級視野，與混淆了「放任」與「自由」、實質壟斷與名義市場的經濟自由主義者共舞，以一正一反的立場，共同鞏固(壟斷)資本主義等同自由市場的神話，把人化約為只關心物質利益的經濟動物。更不幸的是，教條化了的馬克思主義與法西斯主義一樣，完全漠視個體的自由——「拒絕順從(主流)的權利」，令史大林治下的蘇聯式共產主義，與法西斯的極權統治，或自由放任教條治下的壟斷資本主義，其實都無法讓民眾安居樂業，活得自在隨心。換句話說，作為一種對抗經濟自由主義的社會自我保衛的力量，法西斯主義與教條化了的馬克思主義，均未能真正讓民眾與自然生態免於流離失所，走出難以永續的困境。

法西斯的幽靈在當代中港

最後的一個問題是，馬爾庫塞、漢娜·阿倫特和賴希所描述的法西斯個體精神面貌，以至波蘭尼筆下的法西斯歷史處境，會否在當代社會重複？

這問題不易回答，需要做點認真而系統的研究，這裏只能夠提出一個十分初步的猜想。馬爾庫塞、漢娜·阿倫特和賴希筆下的現代科技官僚理性、邪惡的平庸和中產階級性壓抑，在當代中港，似乎都並不缺乏；自1980年代英美的戴卓爾夫人與列根政府推動的新自由主義大計，同樣以「自由」、「放任」、「市場」等空洞能指，推動極端的劫貧濟富的政策，導致全球的貧富差距不斷上升，土地商品化導致大量民眾流離失所，經濟的金融化(也就是金錢的商品化)令世界經濟泡沫化，衰退風險大增。中、港「每人心中都潛藏點法西斯種子」的民眾，在過去的三十多年中，似乎也搭上了這一班新自由主義號高鐵；駛向的終站，是否另一次的法西斯浪潮？

歷史自然不會完全以相同的方式重演，但經過三十多年的自由放任主義洗禮，再加上中產民眾的生命慾望的壓抑與弄虛玩假的犬儒命定精神面貌，法西斯歷史處境似乎也逐步走近，具體研究這影響我們未來的課題，比爭論誰是「正宗」的左翼或本土，或許會更有點現實的意義。

III

本土情感　民粹政治

1. 極權的基礎：「新自由主義」[1]

卡爾．波蘭尼所分析的建基於經濟自由主義的「大轉型」，會否在當代重現？本章以1997年後香港的政治轉變作為討論的重點，嘗試批判地檢視過去十多二十年在香港佔統識位置(hegemonic position)的意識形態——新自由主義——的操作和效果，初步探討當代「大轉型」或「大倒退」的文化經濟根源。借用Laclau的民粹邏輯與Sloterdijk和Žižek的犬儒主義等理論，並參照波蘭尼描述的上世紀初的歷史經驗，本章嘗試分析，香港的新自由主義主是透過一系列的空洞能指(empty signifiers)作為中介的民粹操作，建基的是情緒的投入和製造敵我邊界的演練，產生的政治效果，主要從公共政治退卻的犬儒心態，以及限制個體「拒絕順從的權利」，為極權主義的來臨鋪平道路。

為「新自由主義」(neoliberalism)加上引號，一方面是想說明這套興起於上世紀80年代，以「小政府大市場」、「私有化」(privatisation)、「去規管化」(deregulation)等修辭建構的意識形態，同時也是一套透過大幅削減利得稅、個人收入稅以支持大企業和行政管理高層，又不斷打擊工會、遏抑福利支出的劫貧濟富政策，因此與一般人所理解以至重視的「自由」(包括思想、言論、出版、結社、集會等自由)，其實拉不上任何關係，甚至可說是自由的反面[2]。另

1　本章改寫自曾於「不。爽。文。化：日常生活文化批判之重返」2014文化研究學會年會研討會發表(2014年1月4–5日，台北，輔仁大學)，並收入《人間思想》第六期2014春秋號的文章。

2　如果在當代香港被奉若神明「新自由主義」，實際催生極嚴重的貧富

一方面，正如John Clark(2008)指出，「新自由主義」這概念，已愈來愈雜亂至幾乎無所不包(promiscuous)、無處不在(omnipresent)、無所不能(omnipotent)，因此已失去有效地分析具體問題的能力，因此為「新自由主義」加上引號，目的是與各種常用的「三無」理解拉開距離，希望能以一個新的角度思考「新自由主義」。

本章所指的「新自由主義」，除了泛指過去幾三十年在英美和香港等地的一套劫貧濟富政策外(cf Harvey 2005)，主要是一種齊澤克(Žižek 1989)所稱的客觀的意識形態(the objectivity of ideology)，也就是指意識形態並非是虛構的意識或觀念，而是透過日常生活的實踐(如不斷重複的儀式表演)所生產並支撐的信念。

埋「新自由主義」的單

檢視香港「新自由主義」的歷史，可以追究其對自然生態、生活習慣、社會關係、文化價值的破壞性改造。基於能力、時間、篇幅和興趣所限，本章主要集中於討論透過民粹政治邏輯操作的「新自由主義」意識形態，其不經意的效果，除了收緊了民眾「拒絕順從的權利」外，還孕育及強化了命定退卻的犬儒心態，不利自由與民主的發展。了結埋葬

分化，社會資源被壟斷集中，令大部分被劫貧濟富政策侵害或排拒的中低收入社群，因缺乏時間、空間、物質和文化資源而在更大的程度失去「拒絕順從的權利」(the right to nonconformity)，那麼，博蘭尼所說的：「市場經濟(或新自由主義？)的逝去，可能正是一個前所未有的自由年代的誕生」(The passing of market-economy can become the beginning of an era of unprecedented freedom)(Polanyi 1957: 256)，便變得容易理解。

「新自由主義」，也就是為了保護「拒絕順從的權利」，同時釋放「另一個世界是可能的」這久被壓抑的想像，以補充公眾民主參政的智性和情感能量。

借用世界體系的歷史社會學視野，筆者在《資本主義不是甚麼》嘗試指出，資本主義並非是一個由私有產權和自由市場支撐的經濟系統，也非建基於理性計算的商業運作，而是一個依靠壟斷特權逐利的社會制度和過程，當中語言和意識形態扮演着十分重要的角色。經歷了2008年的金融海嘯和之後的各國政府大規模「救市」，再加上近十年世界各地的貧富兩極分化持續擴大，侵佔民眾土地個案不斷發生，資本主義並非等同「新自由主義」推手所指的私有產權和自由市場模型，而是有利於少數壟斷特權謀利的看法，變得相對容易理解。這裏只想簡要補充一點，在香港這類高度城市化的現代(或後現代？)資本主義社會，隨着通訊科技的發展、經濟運作的金融化和工作安排的彈性零散化，傳統馬克思主義所指的僱傭勞動生產關係，也愈來愈不穩定。

被佛利民(Milton Friedman)及傳統基本會(Heritage Foundation)等美國「新自由主義」辯士稱為全球最自由的香港經濟，實質也是充滿了各式各樣的反市場競爭的安排：例如十九世紀中後期到二十世紀初的鴉片專賣、戰後至2003年才廢除的白米進口配額制度、政府建造了曾安頓約一半人口的公共房屋、專利壟斷的公共交通、電力、燃油、煤氣、免收費電視等市場，以及金融領域的聯繫匯率和長期容許銀行公會決定利率上限等政策，地產市場的高度集中和操控，甚至不斷立法驅趕小販保護超市壟斷的食品市場、限制人口自由進出的優才移民法，均呈現出各式各樣反市場的壟斷或寡頭壟斷，這種在過去三十多年「新自由主義」當道時難以言說的觀點，今天也不再不可思議。另一方面，「新自由主義」辯士所高揚的「私有產權」，於2010年香港通過放寬強制拍賣制度[3]後，也顯得虛偽無力。

曾主掌美國聯儲局達十八年的格林斯潘(Alan Greenspan)，在2008年「百年一遇」的金融危機面前，終於承認他過去一直信奉的自由放任經濟學說，並非金科玉律；另一方面，被認為屬於新凱恩斯學派，並公開批評佛利民(Milton Friedman)主張自由放任的通俗書寫有違學者誠信的克魯明(Paul Krugman)，則於同年獲諾貝爾經濟學獎；與此同時，以孕育自由放任經濟學說聞名的芝加哥大學，也有師生反對設立以佛利民命名的研究所。自二十世紀80年代以降，在英美以至全球叱吒一時的「新自由主義」教條，看來已不可避免地繼承其前身在二十世紀30年代大衰退之後的命運，再一次步入黃昏；而隨着「新自由主義」意識形態和社會政策的象徵人物戴卓爾夫人的離世，今天為香港這個前英國殖民地的「新自由主義」埋單算帳，興許是個合適的時機。

大衛・哈維(David Harvey)在其《新自由主義簡史》[4]中指出，二十世紀80年代席捲全球的「新自由主義」，其實質是富裕階層向低收入社群的「反攻倒算」，是一系列嘗試把

3　強制拍賣制度是指政府收購私人舊樓時，只需八成的業主同意出售業權，其餘的兩成業主，不管同意與否，也得被迫出售，而在2010年以前，需要九成業主或以上同意才能啓動強制拍賣制度。

4　*A Brief History of Neoliberalism*, Oxford University Press, 2005.

財富從後者轉移往前者手裏的政治、經濟和文化計劃[5]。這套「富人的復仇大計」——嘗試重奪戰後到七十年代在凱思斯主義及社會民主主義主導下失去的經濟大餅份額——的「新自由主義」，在過去三十多年間急速擴大了全球性的貧富差距。到了今天，英美等地的貧富懸殊程度，已回到二十世紀三十年代大衰退前夕的危機水平。財富的高度集中，令佔人口少數的中上階層的購買力大升，政治權力不斷積累，連帶提高了其文化影響力，愈來愈能夠因應他們的慾望、想法和行動，改造城鄉建設、社會政策、政治體制、經濟結構和日常生活；另一方面，戴卓爾夫人等「新自由主義」者所創造的語言概念，在富裕階級不斷增強的經濟和政治實力支撐下，透過大學、智庫、傳媒等機構散播滲透，逐漸成為了社會的共識，甚至迫使「左翼」社群(如英國工黨)也得使用(參閱Žižek 2013)。

5 哈維指出，美國最高收入的百分之一人口，在第二次世界大戰前佔有了國民總收入的16%，但到了二戰結束時，他們佔有的國民收入比例，下降至8%，並一直維持至70年代中期。而在70年代末80年代初冒起的「新自由主義」計劃，則在之後的二十年間扭轉了局面，使這少數的高收入的「精英」，在世紀末重掌15%的國民總收入；而工人與行政總裁的平均收入比率，也由1970年的1:30，上升至2000年的1:500。除美國以外，英國也出現類似的劫貧濟富趨勢。據哈維的分析，這種極端的財富再分配效果，是建基於一連串絕不溫和的向大企業傾斜的政策，包括大幅度削減企業利得稅(例如美國由70年代的70%劇降至80、90年代至二十一世紀初的百分之28至30多)，但與此同時，工人的薪俸稅卻維持不變；此外，列根和戴卓爾夫人的政府也大力削減社會福利、打擊工會和社會運動。換句話說，過去三十年主導英、美以至全球的「新自由主義」，基本上是一項讓一小部分資本家回復其戰前政治經濟地位的計劃，而二十世紀30年代的世界性經濟大衰退，正是發生在這種財富極端集中於少數享有特權的資本家的政治經濟結構和社會脈絡之中。

深受英美文化影響，並在戴卓爾夫人任內仍是英國殖民地的香港，自然難免承接「新自由主義」的影響；而缺乏民主普選的香港，比英美等地顯然更容易滋長劫貧濟富的分配制度，因此成為全球貧富懸殊最嚴重的城市，也有跡可循。換句話說，今天香港出現的各種社會矛盾，以至由此催生的社會運動和文化批判，恐怕都有着這劫貧濟富大計的根源，而以各種保育本土為目的社會運動，其實也間接由全球急劇貧富分化 、金融地產不斷侵蝕本土文化和歷史所催生。

在「新自由主義」肆虐的年代，量度貧富不均程度的香港堅尼系數由1981年的0.451上升至2001的0.525再上升至2016的0.537(見頁33，表1)。財富集中在最近的十多年間不僅沒有改善，更變本加厲。香港廿一世紀頭十年平均每年有4.5%的實質經濟增長，累積了近五成的增幅。然而，本地按固定價格計算的實質工資中位數，卻由2001年的12,380元下跌至2011年的12,000元，10年的實質變化是負2.9%[6]。當中15歲至24歲的青年，2011年的每月收入中位數與10年前一樣，仍是8,000元[7]，而同期綜合消費物價指數，則上升了12%。

除了金錢收入外，更重要的階級兩極分化的指標，是其他「資源」的分配，包括時間、空間和文化知識等「資源」，以至社會地位、生活方式和尊嚴自信等精神狀態的變化。香港近年的工運，從2007年的紮鐵工人罷工到2013年的碼頭工人罷工，除了爭取工資的合理提升外，還同時明確地

6 見統計處《主題性報告：香港的住戶收入分布》，http://www.statistics.gov.hk/pub/B11200572012XXXXB0100.pdf

7 統計處《香港2011年人口普查主題性報告：青年》，http://www.statistics.gov.hk/pub/B11200632013XXXXB0100.pdf

向長工時說不，結合近年對最高工時立法的訴求，說明了勞動階層對時間分配的不滿；差不多同一時段，從天星/皇后抗爭到反高鐵保菜園到反地產霸權等社會運動和文化批判所指向的，是空間資源使用和分配向大企業和高收入階層的傾斜；而反對限制網絡資訊流通、要求增發免收費電視電台牌照、增加大學學位和幼兒教育資源的聲音，同時導出了民間對文化知識資源分配不公的重視。換句話說，時間、空間和文化知識資源分配上的兩極分化，造成的社會問題及引起的反響，並不下於金錢收入分配不平等所導致的問題。此外，統治階級財大之後，氣自然變粗；相反，受宰制排拒的階級，失去的不僅是金錢的回報，更包括社會地位的下降、舊有生活方式的破壞、尊嚴自信的失落。

儘管當代資本主義的危機，稍為鬆動了把它等同為私有產權和自由市場等迷思，但由語言符號構成的意義系統(system of signification)和各種情緒流動而構成的情感經濟(affective economy)，仍在很大程度上繼續支撐這些迷思。而構成當代香港的意義系統與情感經濟的，主要是建基於「新自由主義」的各式空洞能指的民粹政治，以及附隨衍生的犬儒心態。也就是說，資本主義並非是由私有產權和自由市場主導的經濟系統，而是一個由各種特定的語言符號和情緒構成的情感和意義秩序，支撐着社會政治領域中的各類壟斷踐行。

「新自由主義」其實是民粹政治

「新自由主義」的意識形態不僅與事實不符，它的辯士自己也不太願意信守「新自由主義」教條。例如，當放任主義教條可能有損英美政府或大企業利益時，列根或是戴卓爾夫人等「新自由主義」推手，往往會支持政府干預[8]；而儘管把海耶克和阿當史密斯奉為祖師，但「新自由主義」辯士卻很少會認真閱讀他們的著作[9]。海耶克在《通往奴役之路》(Hayek 1994)的第三章清楚指出，他並非反對一切的政府干預，因為有時政府的計畫也能夠用來促進競爭，也就是「為了競爭而做的計劃」(planning for competition)。無獨有偶，被新自由主義辯士尊為祖師的阿當·史密斯，十分重視社會的公平和公義，關注低收入工人的福祉，但死後卻漸漸被後轉化成只講私利、不談道德、鼓吹放任自流和不干預政策的教條主義者。他對於宗教的壟斷及偏見以及企業與行會對工人不公義壓迫的批判，對政府干預以減少貧困的接納，均受到當代的新自主義辯士的忽視 。儘管新自由主義辯士對其教義及教主並不特別認真，但仍不斷重複放任和私利等老調，而新自由主義的一套語言，也歷久不衰地成為了不證自明的常識。

事實上，對全球的大企業和政府來說，自由放任的教條，只是一種內容含混的空洞能指(empty signifier)，以動員各種難以統合的社會力量和需求，同時建構和打擊反對「新自由主義」這劫貧濟富大計的敵人，以推動其激進的財富再

8 因此，表面上高舉自由市場的政府，往往會推行一些與此相反的政策，例如在金融危機時不斷以納稅人的金錢「補鑊」，包括1987年美國政府花1,500百億美元挽救當時的信貸危機，以及在1997–98年以35億美元為長期資本管理結賬(Harvey 2005)，以至2008年後用數以萬億美元作全球救市。

9 已故的法蘭克(G. Frank)曾指出，他的老師佛利民的經濟課並不要求學生閱讀阿當史密斯，只讓他們讀十分簡要的二手資料。

分配政策。這也是為甚麼傾向佔有壟斷地位的大企業，願意捐助或支持各類鼓吹自由放任教條的(反)智庫(think tanks)及傳播媒體。這些(反)智庫和媒體的操作，並非建基於紮實的研究，或以理據服人，而更多是透過各種內容含混空洞的措辭(如「自由市場」、「無形之手」)，並建造同樣空洞的對立敵人(如「福利主義」、「共產主義」)，以訴諸情緒(例如說全民保險「很易爆煲」所引起的恐慌)的方式，傳遞新自由主義教義，建立佔統治地位的共識[10]。也就是說，「新自由主義」大計基本上是以民粹的方式來操作的。

拉克勞在 *On Populist Reason* (Laclau 2005)一書指出，了

10 例如，隨着列根的政治勢力一同冒起的傳統基金會，自八十年代之後，變成了世界上推動「新自由主義」和新右思潮其中一個最有力的智庫。傳統基金會的策略主要集中在影響大眾傳媒的觀點，並從事各種與政府維持友好關係的公關推廣工作。基金會約有三份一資金預算——即800到1000萬美金左右——花在傳媒和公關推廣的工作之上。除了出版自己的雜誌(*Policy Review*，後來被Hoover收併)，基金會每年還平均發表超過150篇文章，刊登在美國最主要的報章雜誌。此外，他們逢訪問必作回答，就算傳媒不打電話找他們作訪問，他們也會主動找傳媒讓後者引用其不斷重複的觀點。不斷重複某些理論結論以至陳腔濫調，並經常接受記者和傳媒訪問，發表「即食」和簡短的評論，他們這樣做的原因，是認為完成了的研究報告，並不會自動去到合適的人手裏，因此有必要做後續的工作，把研究結果直接帶到應該要聽到這些結論、有影響力的人的手裏(we can not just put out a studies and hope that it can get into right peoples' hand)。傳統基金會的研究範圍很廣，從農業到工人到家庭婚姻到教育到文化宗教到犯罪問題到外交，涉及的地區除了美國以外，還包括非洲和亞洲等地。每個研究領域都有其所屬的專家，為了方便傳媒訪問，傳統基金會的網站列出了一個附有電話和電郵等聯絡方法的專家表，並分門別類。這些「專家」都願意以記者所要求的簡短方式，回答問題，並提供如「干預自由市場，影響繁榮」一類的答案。這一般會受到要求即時「專家」回應的記者所歡迎。(Abelson 2002: 39–41；http://www.heritage.org/；http://en.wikipedia.org/wiki/Heritage_Foundation)

解民粹主義的操作，是打開理解當代政治運作的鎖匙。作為一種政治邏輯，民粹操作依賴的是一種截然對立的敵我建構，以便把內部紛雜多樣的「人民」，打造成擁有同一訴求(和敵人)的集體身分，當中需要意義含混的空洞能指(empty signifier)作為中介，以建構一種不可能存在的統合單一需求[11]。因此，民粹政治的操作，並非建基於邏輯及理

11 拉克勞指出，作為一種政治邏輯的民粹主義，包括三個前提。第一是形成一個內部的對立戰線，把「人民」(people)與掌權者(power)分開並對立起來；第二是把「人民」的紛雜多樣需求，扣連成一種共同的共同需求(common demand)；最後是鞏固這民粹需求，成為一個穩定的意義系統(system of signification)。由於「人民」本身極為多元紛雜，不同的具體訴求難以統一，因此意義含混的空洞能指(empty signifier)，例如「新自由主義」、「大市場、小政府」、「看不見的手」和「福利主義」等，顯然比一些定義精確的概念，更有利於用來裝載、統合地表述「人民」特定而具體的、千差萬別、無法歸一的訴求。拉克勞書寫 *On Populist Reason* 一書的目的，是嘗試分析集體身份是如何建構的。他以「民粹理由」(populist reason)來描述這種打造集體身份的性質和邏輯，當中的核心是以命名(naming)來建構一種不可能的統一體(unity)，拉克勞強調民粹政治中採用的能指的空洞特性，在於說明社會需求的紛雜性質(heterogeneous)，是無法完全統合為一的。然而，嘗試建立這種不可能的統合，卻是建構統識性的(集體)身份(hegemonic identity)所必須的。而這種既不可能但卻是必須的操作，只能透過空洞能指這中介來完成。而在這過程當中，情感(affect)、修辭(rhetoric)、演練(performativity/practice)遠較邏輯/概念(logico-conceptual)重要。拉克勞嘗試提出一種有別於過去關於民粹主義的論述，除了是一項澄清概念的智性計劃以外，還包含了回應精英主義/理性主義和傳統左翼(包括新的版本)的政治考量。拉克勞之所以要討論民粹主義，並非是想簡單否定它(或贊同它？)，而是為了更好地了解它的操作。對拉克勞來說，了解民粹主義的操作，是打開理解當代政治運作的鎖匙。與大多數僅僅是基於民粹主義當中的含混性質(imprecision和vagueness)而簡單否定它的說法不一樣， 拉克勞並不認為民粹邏輯中的含混性質是「邊緣」(marginal)或「原始」(primitive)狀況的結果，而是刻鑄在政治的核心性質之中(inscribed in the very nature of the political)。換句話說，缺乏了含混性質，民粹政治

性，而是大量的情感的投入。循拉克勞的角度看，在一些古典自由主義者和社會主義者眼中自相矛盾的新自由主義教條[12]，並非是主流經濟論述的弱點，而是反映了資本主義的核心文化——當中被資本主義辯士採用的空洞能指，不包含任何清晰的正面內容，而是嘗試命名「一種不可能存在的整體」(Laclau 2005)。因此，「新自由主義」的系列概念的影響力，並不在於其邏輯及概念上的連貫性，而是依靠在語言和心理層面的根本性投資(radical investment)，當中情感扮演着一個十分重要的角色。經濟學常識的彈性空洞修辭，使其能夠閃縮迴避歷史經驗的反證，就像各種狂熱的宗教一樣

也就無法操作演練。(pp. 96–99)

12 凱恩斯(Keynes 2004)指出，在十九世紀主導着西歐的自由放任觀念，並非源自Adam Smith和Ricardo等政治經濟學大師，而是出於政治哲學家之手，再經一些二流經濟學者(secondary economic authorities)和教育機器(educational machine)的不斷自我複製，終於成為了主宰一時的陳腔濫調(copybook maxim)。凱恩斯認為，放任主義之所以在十九世紀大行其道，除了是對十八世紀無能和貪腐的政府的(情緒)反彈外，也得力於物競天擇、適者生存的庸俗社會達爾文主義觀念的流行，同時又受益於放任主義的簡單易懂和其論辯對手——保護主義和國家社會主義——的脱離現實。不約而同，博蘭尼在其名著《大轉型》(Polanyi 1944/1957)也論及自由放任觀念的興衰。他指出，十九世紀興起的放任主義(laissez-faire)和經濟自由主義(economic liberalism)的混淆，反映了經濟學理論的混亂，包括缺乏與理論相符的實證和連貫一致的分析。凱恩斯和博蘭尼都批評放任主義者思想混亂，經濟自由主義的理論與事實不符。這些指控，其實是反映了「自由放任」和「經濟自由」等空洞能指的屬性——它們並非要表述任何具體和正面的內容，只是嘗試扣連無法真正統合的「人民」紛雜訴求。而同樣空洞的「保護主義」和「社會主義」，則正好作為「人民」的敵人，成就推動社會往資本主義方向轉變的民粹大計。換句話説，「放任主義」在十九世紀以至過去三十年間的流行，彰顯的恐怕不是政治學者或經濟學家的真知灼見，而是民粹主義的氾濫。

(Polanyi 1957，中譯頁141–145)，這正是透過引用空洞能指的民粹操作的特質。

傳統基金會每年製作的「經濟自由指數」(economic freedom idex)，很能說明自「新自由主義」推手如何選擇空洞能指。傳統基金會於2007年改變了其計算「經濟自由指數」的項目的名稱，由「規管」(regulation)、「貿易政策」(trade policy)、財政負擔(fiscal burden)、政府干預(government intervention)、貨幣政策(monetary policy)、工資與價格(wages and prices)、外資(foreign investment)、銀行與金融(banking and finance)、產權(property rights)、非正規市場(informal market)等意義相對具體的經濟學概念，改為商業自由(business freedom)、貿易自由(trade freedom)、財政自由(fiscal freedom)、不受政府干預的自由(freedom from government)、貨幣自由(monetary freedom)、投資自由(investment freedom)、金融自由(financial freedom)、產權(property rights)、遠離貪污的自由(freedom from corruption)和勞動自由(labor freedom)等內容更為空洞的能指[13]，以企業的自由取代工人民眾的自由[14]，同時又把對企業的規管、向

---

13 空洞的能指不一定是愈空洞愈好，必須同能吸引不同需求的投資，因此需要能建立清楚的敵人，同時能統合民眾紛雜的慾望。正如齊澤克在分析布殊時代的美國共和黨為何取勝時，指出保守力量引用的五個概念——強大的國防(strong defense)、自由市場(free markets)、低稅(lower taxes)、小政府(smaller government)、家庭價值(family values)，相對於民主黨的更強大的美國(stronger America)、廣泛的繁榮(broad prosperity)、更好的未來(better future)、有效的政府(effective government)和相互的責任(mutual responsibility)的空洞性大抵不相伯仲，但前者所針對的敵人更清楚——反戰者、工會、社會主義。

14 例如「勞動自由」所針對的是最低工資、最高工時等保障勞工權益的政策。

富人中產抽稅、社會福利支出和最低工資等具體政策統合成「自由」的敵人，以吸納不同社群和個體對「自由」的情感投注，方便民粹主義的操作。

在當代香港，「新自由主義」意識形態主要由大眾媒體、大學及智庫(think tanks)、政黨等推動，政務官則配合。媒體方面，1990年代創辦的《壹週刊》和《蘋果日報》是近二十多年推動新自由主義意識形態最力的中介，與更早期的《信報》(1973年創刊)和稍晚出現的《香港經濟日報》(1998年創刊)和《AM730》(2005年創刊)合奏。電子媒體方面，以有線寬頻的「Money Cafe」較為明顯。其他的媒體，儘管不是十分系統地推銷「新自由主義」意識形態，但也在有意無意間不斷重複這意義系統的概念，甚至以反「新自由主義」為任的左翼也採用其敵人的語詞，不經意地鞏固這話語體系。大學及智庫/研究中心方面，獅子山學會(2004年創立)和滙賢智庫(2006)是旗幟鮮明的，而各大學經濟系[15] 及商業學院也是守護及推廣「新自由主義」意識形態和政策的重鎮，而香港政黨中除旗幟鮮明的自由黨和新民黨以外，其他較主流的政黨如民建聯和民主黨均與這意識形態親和。

香港的「新自由主義」意識形態是經由民粹方法打造的[16]：以「福利主義」、「新移民」、「綜援養懶人」等空

15 尤其是張五常、雷鼎鳴等樂於在大眾傳媒重複發表簡化的經濟學教條的經濟學者。

16 香港政府(公務員)的基本操作邏輯，其實與民粹主義是十分親和的。香港政務官的特色，是「做好」老細安排下來「份工」，能夠準時交差，不出錯，才是他們的真正守則。要「無驚無險，又到五點」，最好就是能盡量「擺平」或「統合」不同持份者難以完全滿足的紛雜要求。自然，誰的壓力大，政策就得向他們傾斜，這才是政務官安身立

洞能指作為共同的敵人，創造出「人民大眾」(以本土的中產價值作為想像基礎)和他的「對立少眾」(「新移民」、「綜援懶人」和政府的「福利主義」)，例如說推行最低工資等同吃「大鑊飯」和富「社會主義色彩」[17]，嘗試觸動港人恐共的情緒，以至激發對外部的他者(如「新移民」)的妒恨情感，並據此把人民大眾內部紛雜的要求，化作為對「大市場、小政府」和「放任不干預」的民粹訴求，編織並支撐「新自由主義」的統識(hegemony)。

另一方面，部分社會運動的運作，似乎也在重複和強化類似的民粹邏輯。例如在香港的反「全球化」/反「新自由

命之道。因此，當來自民間的壓力加大時，政務官自然不能「視民意如浮雲」；相反，在「新自由主義」當道的世代，政府也就少不免向大企業、CEO靠攏。過去二、三十年，在「新自由主義」主導的全球和在地脈絡下，強調劫貧濟富的「去規管化」(deregulation)、減利得稅、打擊或限制工會等激進極端的訴求，透過大眾傳媒、學者智庫的民粹演練，除影響了香港政務官的價值思維外，也同時塑造了香港政府的政策方向。

17　這明顯也是言過其實。訂定了最低工資法例的英、美、澳、紐、日本和歐盟成員國，難道都比沒有訂定最低工資(多以部門的集體談判取代)的丹麥、芬蘭、挪威、瑞典、德國等以社會民主主義見稱的國家和朝鮮這少數碩果僅存的「共產主義」國家，更「大鑊飯」和「富社會主義色彩」？如果批評最低工資的說法，並非根據系統和堅實的證據，那麼它們所依賴的，只能是無實質內容和訴諸情感的修辭方法：透過製造(假想的)敵人，例如「社會主義」或「高失業率」，以含混的空洞能指(empty signifier)——也就是一種不帶任何正面的內容、嘗試統合社會上無法完全統合的紛雜訴求的命名(naming)，例如用「大鑊飯」或(扭曲)「自由市場」等內容空洞的概念，企圖裝載、統合市民對未來的各種憂慮和對理想生活的各類欲求——包括中產社群擔心高失業率會導致更多人依賴綜援而加重他們(納稅人)的負擔；基層渴望穩定的職位和收入、擔心失業；以至各階層都渴望以理想的「自由市場」效率對比和拒絕現實的「社會主義」問題。

主義」運動，建造了「基層人民」與「新自由主義全球化」的對立，以「全球化」和「新自由主義」這些空洞能指，作為有助於統合反對陣營(人民)的共同敵人，並在此基礎之上，嘗試以「基層人民」等另一些「空洞能指」，統合出一種共同的人民(民粹)的訴求(反資本主義)。

「新自由主義」的套話之所以能夠不斷再生產和傳播，主要依靠其論述的「無限彈性」，也就是從不認真地據實說理，卻常採用意義含糊、內容空洞甚至互相矛盾的修辭和概念鼓吹其教義，例如經常指摘左翼政客無知(不現實或「缺乏經濟學頭腦」)，又或宣稱「經濟學專家」或「經濟學理論」已「證明」了放任最好(如降低關稅有利貿易及經濟增長)、政府干預最壞(如最低工資必然提高失業率和破壞經濟)。然而，「如果有人試圖在〔經濟學〕文獻中尋找能解釋這些明顯事實的任何東西，他一定是在白費氣力」(Polanyi 1957，中譯頁180)。而在受到挑戰及批評時，往往會採用「如果沒有政府干預，市場運作將產生更好的效果」這類未來式的詭辯，逃避實證的檢定。

語言是經濟的基本因素

經濟學或商界所指的經濟「基本因素」(economic fundamentals)，是失業率、通脹率、消費者信心數據、出入口增長率等統計指標；一般的輿論認為，透過閱讀這些統計數據，我們便能夠了解經濟狀況的好壞。不過，在當代全球金融主宰經濟運作的社會脈絡下，我們可以經常看到金融市場表現與「經濟基本因素」脱節的情況[18]。例如，香港股市的走勢，基本上與實質經濟數據脱鈎，而更受全球的熱錢游資左右。問題是，這些熱錢游資，如果不是建基於經濟「基本因素」來決定其投資/投機方向，所依據的又是甚麼？

意大利經濟學者馬爾華茲(Christian Marazzis)在他的《資本與語言》指出，當代金融世界的經濟運作，依據的基本上是言說行為(speech acts)和語言常規(linguistic conventions)——除了由於金融市場的操作必須依賴經常性的資料和信息交換之外，還在於言説行為往往對金融市場的運行產生極重要的影響。而語言之所以能實質影響股市行情，主要是透過一個共享特定語言常規的金融投資社群作為中介。(Marazzi 2008)

建基於大規模生產、大規模消費和凱恩斯政策的福特主義時代終結之後，取而代之的是馬爾華茲所謂的「新經濟」，其基本特徵，是語言成為了商品的生產與流通的主要中介[19]。馬氏進一步分析，所謂的經濟金融化，依賴的其實是一種羊群理性(mimetic rationality)，當中建基的，是全體投資者的制度性資訊負債，也就是在資訊爆炸年代下，投資

18 例如，香港2009年第二季的失業率是5.4%，四年新高； 六月的通脹率(綜合消費物價指數變動)按年跌0.9%；據城市大學的研究，香港的消費者信心儘管微有回升，但已經連續三季得分在一百以下(二百為滿分)，當中對就業前景最乏信心，只有74.8分；出口表現在六月份的按年跌幅是5.4%，儘管比上月的跌幅低，但這主要受惠於國內的短期刺激措施，而輸往全球最大經濟體的美國貨值，按年跌幅則達23.7%；自然，我們還可加上上半年訪港旅客人數下跌3.4%這經濟數據。在差不多所有的經濟「基本因素」依然滯後的狀況下，香港的恒生指數卻仍連升十多天，在一個多星期上升了約百分之十。

19 在當代的香港社會脈絡下，想想成行成市的各式公關和代言人，再看看我們不見實際樓房的地產廣告，便大抵可明白馬氏所指之意。

者的注意力供需嚴重失衡的狀況。馬爾華茲引用諾貝爾經濟學獎得主Herbert Simon的說法：「資訊消費的對象十分明顯，就是注意力。因此豐裕的資訊所生產的，就是貧乏的注意力。」馬氏認為，金融市場的泡沫以致「新經濟」的危機，基本上源自這種資訊過多而注意力匱乏的結構失衡，當投資者無法消化過度供應的「市場」資訊時，隨大流的羊群投機行為就會變得符合理性。或正如齊澤克(Slavoj Žižek)所言：「我們都被逼在沒有知識的情況下做決定。」[20]

因此，在當代的金融市場中求生逐利，無法也毋須仔細分析和比較不同上市公司的表現和潛能，更重要是能猜對別的投資者的動向。因為股市的價格，在很大程度上取決於大小投資者的自我實現預言(self-fulfilling prophecies)，而這又進一步取決於備受財經官員及大眾傳媒所製造的公共言說左右的投資社群所共享的語言常規和信念。財經官員、大眾傳媒所製造的公共言說，不僅表述「現實」，往往更同時創造「現實」[21]。

正如馬爾華茲指出，金融危機其實是金融市場和投資

---

20 〈咪齋做，要講！〉阿野、朱凱迪譯，網址：www.inmediahk.net/node/1001296

21 例如2009年中國內地股市的大上大落，股價在世界經濟前景極不明朗下節節上升，恐怕都與股民相信中央政府由於臨近「十一」六十週年國慶，將不惜代價維持金融股市安定繁榮有關。而內地股市大幅回落，據報是由所謂「八大利空」的「傳聞」所導致，而所有這些「傳聞」，在跌市前都是未經證實的。如果「傳聞」已有如斯威力，那麼由政府公開發放的消息，自然更能引導市場的走向。我們大概還未忘記，來自中港官方，甚囂塵上但最後仍是不了了之的「港股直通車」、「資金自由行」消息，在2007年底曾對香港股市產生了起死回生之效。

者自我指涉或自我實現預言的過度生產的危機("the crisis of the financial markets as a crisis of the overproduction of self-referentiality." Marazzi 2008: 35)。與自我實現預言互相築構的羊群效應，或類似由語言建構現實的股市的運作方式，其實也同時存在於金融市場以外的其他領域，例如宗教、教育、普及文化、大眾傳媒、甚至政府政策等。

以香港為例，房地產市場之所以能維持壟斷，為資本積累提供條件，與政府推行施政所依賴的一套語言有關。這套語言建構了一個意義系統(system of signification)，當中歧視中低收入社群的居住需要，支撐了把房屋轉化成投資或投機工具，引用「實而不華」、「努力儲蓄」、「自力更生」、「腳踏實地」、「按部就班」等修辭，建構一個文辭世界，或打造和維持一種主流的意義系統，透過分類和命名，建立一個由差異構成的等級秩序，例如中低收入社群只配擁有「實而不華」的住房，而「豪宅」則是高收入社群的專利，當中充滿對高收入的經濟投資需求的偏好，對低收入人士建家安居需求的歧視。與布爾迪厄(Bourdieu 2005)所描述和分析的法國小資產階級類似，欲購置私樓自住的中低收入港人，也同樣成為了充滿文化暴力的象徵秩序內的受害者，當中透過廣告和其他公共論述，強加新的需求和慾望於他們身上，迫使他們盡量追逐由這文辭世界、意義系統所建構的價值和理念，花費重大的物質和心理投資於購置樓房、以樓換樓，希望能從「實而不華」的「夾屋」，「向上流動」至「華而不實」的「發水豪宅」；然而，他們最終獲得的，往往是無休止的負擔。

情感是政治的基本因素

「新自由主義」教條的接收及擴散，也並非僅透過語言認知的層次，而同時包含情感的投入，特別是(對創造出來的敵人的)恐懼和怨恨。

情感(affect)或情緒(emotion)[22] 近年日益受到談論，以至有論者認為，現代社會是情感量爆炸的年代(見Furedi 2004；甯應斌、何春蕤2012)。情感的泛濫伴隨着情緒管理和反思的興起，各式教人控制情緒的書籍、課程、計劃、機構大行其道，情緒智商(EQ)也有取代智商(IQ)之勢。

現代社會的轉向情感(affective turn)，往往表現為把社會問題轉化成個人的情緒問題，例如把貧窮理解為個人自理能力或EQ缺失、把有異於主流的性傾向理解為心理情感的失衡或變態；大眾傳媒的資訊，大都附上愈來愈濃烈的情感元素，以吸引讀者；在公共政治領域，示威集會除了表達政治觀點外，也同時是宣洩憤怒、苦悶、厭惡、怨恨等情緒的場域；與此同時，公眾往往要求政客需更有「人性」，也就是不忌憚於公共場合表露私人感情，於是愈來愈常見政治人物的眼淚(Žižek 2013)。Furedi(2004)因此指出，在現代社會(如英美)，私人情感正逐漸取代過去的意識形態，主導了公共政治的操作。事實上，當代很多政治活動往往由政客或民眾的情感推動，如對外族的厭惡或對政權的憤怒，甚至願意

22 情感(affect)與情緒(emotion)並不完全等同，不同的理論傳統會作出不同的細微的劃分，不過，由於本文旨在指出情感或情緒在當代資本主義的重要位置，而非細緻地討論兩者的分別，因此基本上把兩者等同地使用。

參與理性的政策辯論，建基的也是一種渴望或欲求講理、抗拒非理性的情感。而對新自由主義語言和意識形態接受的原因，與港人的恐共情緒不無相關。

以香港有關最低工資的討論為例。在立法之後，一些以中產階級為對象的香港報章，以顯著的篇幅比較大學生的收入與清潔工和保安員，標題是「洗廁所薪金追貼大專生」或「大學生人工，低過清潔工媽媽　80後：好灰不知為甚麼讀書」[23]。這些報導並非僅提供客觀的訊息，而是同時附送個人故事中憂慮和恐懼的情感，而正是在資訊及情感的兩面溝通下，才有可能產生抗拒最低工資，以至間接地支援「新自由主義」意識形態的效果。

「民粹」愈來愈成為描述香港政治的關鍵詞，但其意思卻愈來愈空洞矛盾。空洞之處，在於「民粹」一詞裝載了各式各樣的行為訴求：或等同所謂福利主義，或泛指所有「聲大夾惡」的行為，又或是指順應「不理性」的民意等等；矛盾在於，當論者政客用這種意義下的「民粹」指評他人時，自身的行為主張往往同樣甚至更為「民粹」[24]。這些自相矛

23　報章引述一位大學生說：「我大學畢業，做文員5天工作，……得8000元一個月。阿媽做快餐店清潔，……月入8400元。咩世界？唉……好灰！」，另一位中五畢業當文員的受訪青年也表示：「由細到大都教要讀書才有出息，但居然人工比做清潔的、倒垃圾的還要低……，讀書都是為加人工，為升職，為生活好些……」（《香港經濟日報》，2011年4月30日，A18）

24　例如，近年香港有關長者生活津貼的討論，指摘「泛民」民粹的政府和建制政黨，不僅不追求仔細、認真、理性的政策辯論和廣泛諮詢，反要求匆匆通過議案，好讓長者能盡快享有「福利」！相對於堅持拉布及甘願違反「民意」，甚至要求部分長者不要太自私的議員，誰更順應「不理性」的「民粹」要求？

盾和語詞的空洞，正好反映了民粹政治操作的一個特點——建基於情感慾望，而非連貫的邏輯。如果說近年香港確是民粹氾濫，那麼其根源，恐怕正在於裝載並放大了民間的兩種主導情緒——恐懼與怨恨。

例如香港有關同性戀平權諮詢的討論，明光社便把同性戀平權要求的諮詢，轉化為肛交婚外情這類議題。這種論述方式，訴諸的顯然並非理性邏輯，而是本地民眾對「變態」或失去家庭的恐懼或怨恨等情緒，而這些情緒，則或多或少源自宗教、傳媒、學校等領域中的情感教育，包括以種種污名化的方式，孕育恐懼、羞恥、厭惡。又例如香港有關「雙非孕婦」和「新移民」的爭論，重點也不在於理性分析，以證明真正有多少人來港「爭奪」資源福利，而是偏向於觸動港人對自身困境的憂慮，包括擔心失去土地和工作，而各種不同的政治力量則嘗試將這些憂慮轉化為對「外敵」的怨恨。這些並非天生而是經由各種政治力量打造的恐懼、憂慮、怨恨與厭惡等情緒，正是香港的民粹政治的情感支柱。

造成這些恐懼和焦慮情緒，教育顯然是重要的因素。香港過去的情感教育，主是源自各種正式或隱蔽課程中的不經意效果，例如以考試競爭為主導的課程和教學法，孕育了害怕失敗的身心，加上大眾傳媒和流行文化中散播的生態末日危機，強化了現代港人的恐懼情緒；解除殖民性(decolonization)的難產，令殖民歷史、經驗和制度造就的奴僕心態，仍然瀰漫香江，其情感基調，正是尼采所指的「你邪惡因此我善良」的妒恨；本地的現代文明工程，透過各種制度、規管、語言、道德，只強調「搵食」生存、物質增長，卻對各種生命本能和身體慾望長期壓抑，令個人難以對日常生活產生意義和感覺相干，或是苦悶虛無情緒的根源。這種種因素，在貧富兩極分化、民眾希望短缺的全球語境，以及後九七政權轉移但不民主的殖民體制依舊的社會脈絡下，更容易強化港人以恐懼和苦悶等情緒，成為了感受及理解現代世界的視野。

面對前景不定、環境不善、政權玩假，倡議在個人層面建立自尊、發放正能量，企圖以此回應社會的核心情緒，自然顯得蒼白虛妄；引入針對個人的治療文化(therapy culture)，嘗試「糾正」瀰漫於社會的「負面」情感，也只是頭痛醫腳、迴避問題的犬儒弄虛。

「新自由主義」民粹政治的不經意效果

透過民粹邏輯的演練而產生效果的「新自由主義」，需要含混的空洞能指作為中介，以統合多元紛雜的特殊訴求；也同時需要借助「人民」情感的投資，以及一種共同的熱情和慾望。因此，對於「新自由主義」民粹政治來說，要求精確意思、邏輯連貫的討論不僅無補於事，更可能在澄清含混的空洞能指所涵括的各種矛盾意思時，干擾了民粹政治的演練。

然而，民粹政治往往只開出非友即敵的兩種極端及排他的選項，很容易限制了民眾的拒絕歸邊的自由；此外，無論支持或反對「新自由主義」的一系列空洞能指，也經常與人民的具體要求和現實生活所經驗的脫節。因此，這種民粹邏輯運作的不經意後果(unintended consequences)，一方面會限制「拒絕順從的權利」，另一方面，民粹政治也同時會強化犬儒的傾向。

卡爾·波蘭尼以「拒絕順從的權利」作為量度個人自由的標尺。他指出，在複雜的社會裏，個人自由的保障，取決於不服從(nonconformity)的權利是否被制度化(institutionalized)，令「反對者」(objector)也能夠獲得「次優」的存活選擇，只有這樣，個體才能夠自由地遵循自己的良心行事。(中譯，頁216)為此，法律、計劃和政府的介入，限制各種任意專橫的權力，以保障個體的「拒絕順從的權利」，是不可或缺的。然而，波蘭尼指出，在上世紀初新這些制度化的要求，被「經濟自由主義者」(也就是今天的「新自由主義」推手)不斷攻擊，令自由的理念被窄化為只剩下企業的自由。從今天的香港社會脈絡回看，波蘭尼的分析恐怕仍然適用。可稍為補充的是，在這個限制自由的過程當中，「新自由主義」推手借助的是民粹政治的操作，把「最低工資」、「最高工時」立法和「綜援」、「全民退休保障」等令「不順從」或「不能順從」的個體，也能夠獲得「次優」的存活選擇的法律、計劃和政府介入，打造成「自由」的敵人，令建立或鞏固「拒絕順從的權利」的制度化過程舉步維艱。

與此同時，民粹政治也很容易催生犬儒退卻的政治文化。正如齊澤克(Žižek 2007)在批判Laclau的民粹主義理論時指出：

> 民粹主義有一個基本「困惑」：其基本姿態是拒絕面對局面的複雜性，而將之簡化為一種與偽具體化的「敵人」的清楚

的鬥爭(從「布魯塞爾官僚」到非法移民)。因此，從定義上來講，「民粹主義」是一種否定現象，一種建立在拒絕之上的現象，甚至是一種不明說的對無能為力的承認。我們都知道一個老笑話，說的是一個人在路燈下找他丟失的鑰匙；當被問到在哪裏丟了鑰匙時，他承認說是在後面那個黑暗的角落裏；可是，為甚麼他要到街燈下來找鑰匙呢？因為這裏比較亮……民粹主義當中就有這種把戲。」[25]

因此，民粹政治往往會催生齊澤克發展自Sloterdijk (1987)所指的犬儒主義——「他們知道，他們實際上只是在跟循一種虛幻，但仍然，他們正在這樣做。(Žižek 1989)

借用斯洛特迪基克(Sloterdijk 1987)的說法，當代的犬儒主義，是掌權者把狗智(kynicism)的帶批判性的「厚顏無恥」(cheekiness)吸納的結果，也就是坦然承認各種不理想的現實，不忌憚穿上「國王的新衣」，但卻「批評接受、一切照舊」[26]。就這樣把狗智化作犬儒，前者的顛覆性也完全消

25 〈抵禦民粹主義誘惑〉，齊澤克，查日新譯，《國外理論動態》2007年第9期。

26 歷史上的「狗智」(kynicism)與當代的「犬儒」(cynicism)並不是完全相同的東西。kynic的意思是以狗的智慧而活，而要活得像一條狗，就得不說謊、不作政治裝扮、想吃就吃、要排洩就排洩，拒絕不必要的社會規範：拿掉一切虛偽的面具，直面問題、認真求解、自然誠實。相反，當代的「犬儒」則把主動樂觀和充滿生命力的「狗智」，轉化成被動悲觀與認命虛無，即使同樣看透世情的虛偽，但仍然假裝戴上面具的狀態才是真理。狗智精神是積極的，犬儒心態則是消極的。不過，隨着歷史的發展，來自民間智慧，針對權貴、建制、習俗、帶一定的批判性和顛覆性的狗智，日漸被權力集團、上層階級收編，成為認命、虛無的犬儒主義。例如基督教就日漸遠離耶穌挑戰建制儀式、抗拒權力集團、站於弱勢社群的傳統，發展出像十字軍東征等帝

解掉。用齊澤克的話說，當代的「犬儒主義是佔統治地位的文化對狗智顛覆的回應：它承認也重視掩藏在意識形態普遍性後面的特定利益，承認也重視意識形態面具與現實之間的距離，但它仍然能夠找到理由去保留那面具」(Žižek 1989, 改寫自季廣茂的譯本)，成為了他所說的「他們知道，他們實際上只是在跟循一種虛幻，但仍然，他們正在這樣做」的當代犬儒意識形態，或洛特迪基克所指的啓蒙了的虛假意識(enlightened false consciousness)。民間的狗智，於是變成了既得利益階層的犬儒，並日漸擴散至整個現代社會。

在犬儒氾濫的環境中，針對特定意識形態(例如「新自由主義」倡議的價值觀)的文化批判，不容易產生成效，而提出任何另類的政治計劃，在充滿調侃和不信任的氛圍中，也變得舉步為艱。

如何克服和超越當代的犬儒主義？

犬儒主義可以產生兩種不同的文化政治效果，一種是負面的，指向在公共政治生活中退卻，變得認命虛無。另一種可以是基進的(radical)——如果能夠回到犬儒的前身——狗智(kynicism)，這是對既有制度的一種反彈甚至顛覆。犬儒主體並非貫徹一致，而狗智也並非是完美無缺的聖人；如果犬儒主體也有認真處事的時刻，那麼狗智亦難免有時會露出

國主義踐行；又例如崇尚自然生活和整全的健康觀念的民間醫學保健，日漸讓位於犬儒地把死亡和健康作為兩大敵人的西方醫療；或曾對保守的性愛觀念產生極大衝擊的色情事業，也逐漸轉化為只認金錢的營運；狗智們曾認真地看待的知識和追求的真理，亦變作為對所有知識的不尊重和不信任的反智虛無。(Sloterdijk 1987)

虛無的一面。問題因此不是尋找路徑，把犬儒完全轉化成狗智，而是在犬儒的主體內，培育擴展狗智的領地。此外，強調直面問題的「狗智的認真」，並非等同倡議無時無刻地工作、事無大小都同樣操心賣力，而是追求以最簡約和省力的方法，放棄浪費精神力氣於無聊的妝扮，直達生活的最終目的。[27]

在香港，批判「新自由主義」最力的是一些勞工團體、基層團體、環保團體、以大學生或大學畢業生為主的一些自我定位為左翼的社團，他們的批判建基的是觀察到作為劫貧濟富的「新自由主義」社會政策對勞工、低收入百姓和自然生態的負面效果，然而在他們的批判論述中，往往無法擺脫「新自由主義」的語義系統，把當中推動民粹政治操作的空洞能指，誤認為帶實證意義的概念及主張，因而把批判的矛頭集中指向「商品化」、「市場化」、「私有化」、「去規管化」等「新自由主義」也不太認真執著的教條，不僅未能聚焦於批判製造、維持及強化各種壟斷特權的政治制度及過程，虛耗時間能量，更同時不經意地支撐着「新自由主義」的語義系統，鞏固了「商品化」、「市場化」、「私有化」、「去規管化」等語詞的統識地位，令批判文化圈和社會運動更難發展出一套超越克服「新自由主義」的語義系統。

要避免「新自由主義」民粹政治的負面影響[28]而陷入

27 亞歷山大大帝碰見古希臘的狗智第奧根尼(Diogenes)時，後者正躺在街上曬太陽，大帝問他，你要甚麼我也可以答應你，第奧根尼回答：「不要擋着我曬太陽！」——這大抵就是一種狗智的認真。

28 儘管民粹政治不一定帶來負面的結果，但往往包含了並不十分積極的無力的犬儒情緒，以及針對股市、樓市以至宗教、教育、普及文化、大眾傳媒、甚至政府政策走向都與經濟(和社會、政治)的「基本因素」脫節的狀況，恐怕得從改變經濟和政治的真正「基本因素」——語言和情感——入手：一方面努力創造新的語言行動(speech acts)和語言常規(linguistic convention)，這除了引入新的語詞和概念外，還必須拆解舊有的語詞和概念的扣連方式，鬆動既有的象徵秩序及其蘊含的評價等級[29]。正如格羅斯堡引述David Graeber指出，政治

因素，例如對待弱者和異外者的思想和物質暴力傾向、反智和犬儒的態度等。要限制民粹主義的負面傾向，至少有3種可能的方向：1. 批判民粹主義的負面潛能，就如Herbert Marcuse(1998)提出對付法西斯的有效方法一樣——以各種方式講事實、擺道理。而在政治上堅持一貫的原則，並對社會結構作出改動，例如減少貧富差距、加快推動民主政制和鼓勵尊重多元和獨特的文化生活等，均能壓抑負面的民粹政治的發展。2. 將民粹主義與壟斷的政治經濟力量分離，為此在政治上的討論不能過於抽象和一般化，例如反對「私有化」和「外判」，得要針對具體的例子(如大學的清潔工)，否則，在香港這個冷戰思維根深締固和左翼思潮仍未紮根的地方，泛泛地反「私有化」和「自由貿易」，很容易脫離大部分市民的常識，將民粹的意向讓予壟斷階層。3. 各種倡議平等、民主的政治力量也可以嘗試與民粹主義結合。就如Taggart(2000)引述美國的社會批判學刊 *Telos* 的討論指出，強調民眾參與的民粹主義，儘管帶有排外和種族主義的危險面向，但倘能結合民主和平等的訴求，也不乏政治解放的潛能。

29 這種論述策略應被想像為一場具多條戰線的抗爭。第一步是拆解由現存經濟語言的表述支撐的各種資本主義迷思……有效的方法是指出這些迷思並不是紮根於實證事實之上。其次，我們可進一步分析這些迷思是如何被建構出來的。然後可以把傳統上跟資本主義這意識形態扯在一起的經濟語言，跟反資本主義力量接合，舉例說，挪用「無免費午餐」和「用者自付」這些新自由主義言論，指出資本主義權力集團的種種偽善。在拆解主流經濟學語言和資本主義世界現實之間的既定關係後，通過再翻釋現有的多元紛雜的「資本主義」行為，或把經濟學語言跟開闢另類經濟(如合作社和社區貨幣等)的過程接連起來，可以進一步使新的經濟學語言(包括置於新的語境下的舊經濟學語言)，

的最終鬥爭，並不在於搶奪分配了多少(被主流社會確認)的價值，而是爭取重新定義甚麼才是有「價值」的活動和事物(Grossberg 2010: 160)。或可參照齊澤克(Žižek 2013)的建議，就是告別簡單的身份政治，進行認真的思考，提出根本的問題，拒絕在民粹政治開出的敵我兩種極端中作出選擇，並急於作出「反抗」；而是嘗試改變選項的內容和界線，不再採用由「新自由主義」推手打造的意義系統，也不選擇民粹政治開出的非此即彼的極端選項，而是「唔好陪佢地癲」，抗拒民粹和犬儒的誘惑。

另一方面，也可透過參照英美現代性以外的歷史和當代經歷，尋找能夠克服犬儒虛無的集體情感與身體經驗。例如臺灣電影《賽德克．巴萊》中的原住獵民，面對軍力強大的敵人，坦然直面恐懼、怨恨、苦悶等情緒，正視身體的自然慾望，肯定生命的本能，以舞蹈與歌唱迎接終必來臨的死亡，喊出「如果你的文明是叫我們卑躬屈膝，那我就帶你們驕傲的野蠻到底！」除了恐懼、怨恨、苦悶、犬儒，我們是否也應讓「野蠻的驕傲」這種陌生(或久違)的情感，成為推動尋找另類可能性的其中一種情感動力？

在另類經濟的物質語境中培育生成。(許寶強 2007：303)

2. 千萬不要忘記階級分析[30]

2003年七月一日反基本法23條的五十萬人遊行至今，香港的社會運動此起彼落，從保衛利東街、天星皇后碼頭，到反高鐵、貨櫃碼頭罷工、反國民教育，到抗拒新界東北發展計劃，以至捲入數以十萬計民眾參與、為時七十多天、約一千人被捕的佔領金鐘、旺角和銅鑼灣「雨傘運動」。然而，也是在這同一個時期，本地的貧富懸殊繼續惡化、政治民主毫無寸進、新聞言論自由倒退、貪腐浮現廉政崩壞、工作生活質素轉劣。如何理解這個對本地社會運動可能是最好的年代，但平民百姓的日常生活品質和自由平等民主等「核心價值」卻在不斷倒退的年代？

本章以社會運動和文化研究都曾參與建構的「本土主義」為例，把其興起置放在過去十年以至更長時段的政治經濟脈絡中，嘗試疏理回應上述的問題，希望有助我們理解香港社會目前的困局。

這裏使用的「本土主義」，意指一種強調本土利益、保育本土文化、守衛本土價值的政治取態和行動。近年的例子包括：保護天星皇后碼頭抗爭、反高鐵、保衛菜園村和反新界東北發展的本土社會運動和研究工作；「城邦自治」、「蝗蟲論」等針對的主要源自中國大陸政治、經濟和文化力量對香港的負面干擾等論述，以至「光復上水」、「反自由

---

30 本章改寫自筆者的〈千萬不要忘記階級分析——本土主義的政治經濟根源〉，《思想香港》第二期，2013年11月(http://media.wix.com/ugd/46d502_8361d61f57c4414a9a584cb7dd586681.pdf)。

行」等抗中排外的集體行動；較遠期的例子，則有1966年因天星小輪加價而觸發的戰後第一波本土反殖抗爭，以及1980年代中英談判掀動的香港前途和身份認同的關注。儘管這些論述和行動的政治光譜伸延甚廣，但仍然共享對「本土」或香港身份的關注和重視，並以「本土」或本地社會和民眾的利益作為論述和行動的中心，以至或多或少都對港英殖民政府[31]、九七年後的中共和香港政權不滿並作出抗爭[32]。

然而，早期以反殖或保育社區民眾生活作重心的本土抗爭，近年逐漸被以文化/地緣族群作為焦點、以民粹方式操作的本土身份政治的聲勢掩蓋。然而，後一種「本土主義」的政治經濟根源，卻仍然在很大程度來自其視野往往忽略、甚至嘗試轉移的階級問題，包括過去三十年全球財富及其資源分配的兩極化趨勢，以至戰後香港社會的貧富差距拉大、政治和文化資源集中的問題。

戰後香港的本土社會運動

1966年，香港社會矛盾積累到一個地步，終於以反天星小輪加價作為引子，爆發了一場影響深遠的民間抗爭，開啟了香港戰後第一波帶本土意識的自主自發社會運動。一年後，受中國大陸文革影響的「六七暴動」或「反英抗暴」，讓潛藏的階級、民族等矛盾總體爆發，再加上1970年代初的「中文運動」、「保釣運動」和「反貪污捉葛柏運動」，迫

31　自然，親英的本地菁英或少部分在示威中揮舞米字旗的民眾是例外。

32　儘管涵蓋甚廣，但近年影響最大的，恐怕是充滿排外（中國大陸）情緒的「本土主義」。因此本文所針對並著墨較多的，也主要是這種本土民粹政治。

使港英殖民政府在其後的歲月引入各種新的管治政策，包括於1968年修改勞工法例及成立民政處，又於1969年底創辦香港節(兩年一次，連辦三屆)，並在1970年代改革教育、醫療、廉政、房屋，以至推動各式各樣的青年文娛活動，嘗試回應民間改善生活的訴求。香港的公共房屋與青年中心的大規模發展，以至於港英政府把施政的焦點置放於本地事務，亦是始於這個時代。

這第一波的「本土主義」，儘管源自戰後第一代在香港出生的民眾推力，但也不能忽略來自港英殖民政府的政治考量，尤其是回應「六七暴動」、「中文運動」和「保釣運動」中蘊含的反英抗殖的民族主義情緒，而這亦與港英政權長久在國共之間遊走的現實政治計算有關。以中文教育為例，為了更好地統治九成以上是華人人口的香港社會，港英政權不忌憚鼓勵中文教學，但為了避免陷入國共相爭的泥沼，港英政權選擇以廣東話作主要授課語言，而中文及中國歷史則以避開敏感政治議題的方式進行，例如盡量避談二十世紀、尤其是中後期的中國現代歷史。事實上，自二十世紀初，港英政權為減低辛亥革命的影響，早已願意採用傳統儒家思想的中文教育，企圖馴化香港殖民地的華人；1949年後，為了抗衡中共及國民黨的政治力量(尤其是前者)，爭取香港華人的歸順，港英政權鼓勵一種功利的、「去國族化」的中文教育，也就是偏重廣東話、繁體字而壓抑普通話、簡體字，並成立為中文中學生提供本地升學出路的中文大學(參閱黃庭康2008)，產生一種不經意的效果，就是慢慢孕育了一種與中國大陸和台灣不一樣的華人文化、香港身份。我們甚或可以說，戰後香港的第一波本土主義，存在着港英殖民政權參與推動的影子。之後香港的本土主義的生成發展也類同，亦是在民間與中英政權之間的互動下生長強化。

如果說60年代末70年代初的第一波本土主義在很大程度上得力於港英政權的推動，那麼70年代後期以至80年代中英前途談判興起的第二波「本土主義」，則主要體現在學生運動中緊跟中共路線的「國粹派」的衰落，以及把行動和論述焦點放於關心香港的「社會派」的興起。文革的結束是當時一件很重大的事情，特別是對戰後第一代在港出生的本土知識份子。在1970年代中的文革後期，一度代表中共中央的四人幫垮台以後，過往由緊跟中央的「國粹派」主導的香港學生運動，開始失卻方向，自然也難再領導學運。1975年香港大學學生會選舉，「社會派」取代「國粹派」，標誌着新一波關注香港本土事務的社會運動逐漸興起，而1970年代末的艇户抗爭事件，以至1980年代初中期的區議會和市政局選舉，都能夠看到一些「社會派」畢業學生的身影。從文化層面來看，電視開始普及，新的粵語片及廣東流行曲也開始取代國語電影和歌曲。

踏入1984年，中英談判開始，在香港前途未卜的社會氛圍下，1970代末至80年代開始浮現的第二波本土社會運動，需要面對及處理九七的「回歸問題」。中英談判早期，香港仍有各種像港獨、維持現狀、託管於聯合國、主權換治權等想像和論述，尤其流傳於香港的菁英華人之間。然而，在北京政府強烈反對所謂的「三腳凳」，把港人代表排拒出談判過程之後，很快就只剩下由北京政府主導的回歸選項。當中一小部分本土中產知識菁英，以反殖的立場，提出了「民主回歸」的口號，其中不少出身自反「國粹派」的「社會派」學運領袖，他們從反殖的民族立場，批判地接受在民主的前題下回歸中國。與此同時，一些文化界的朋友，從流行文化、電視電影等角度梳理香港人的身份，以文化身分的關注切入本土的議題，蘊含的也是一種如何迎接九七年轉變的焦慮。

這一波的本土意識和關注的興起，與港英政府的「過渡」策略也有關係。自1980年代初推動的香港各級議會民主化，大概是希望培養一批本土親英的政治力量。而1989年六四鎮壓，一方面加強了港人尋求自保的本土意識，但另一方面也同時召喚出支持中國民運的愛國熱情，於是既出現了移民潮，也催出了支聯會和每年數以萬計的維園燭光。而為了隔斷香港民主運動對中國大陸的影響，中共政權在之後一段時期的一國兩制論述中，經常強調一種「河水不犯井水論」；而八九六四後對中共更不信任的香港民眾，在無法改變九七回歸的政治現實下，也願意接受各家自掃門前雪的兩制分隔，希望能夠保護本土的既有生活，獨善其身。

第三波的本土孕育於1997年後的回歸歲月，尤其是在2003年7月1月近百萬人上街反基本法23條立法之後。基本法23條若通過的話，將在很大程度限制香港民間的政治和言論自由。23條既是法律的問題，也同是衝擊着古典自由主義最根本的原則底線，因此，香港最認真地接受古典自由主義的大律師群體，積極地參與反23條的社會抗爭，成立「二十三條關注組」，當中的核心成員之後組成了公民黨。與1970–

80年代領導第二波的本土抗爭的「社會派」有點不同，公民黨中的大律師群，主要接受英式自由主義法律訓練，跟「民主回歸」訴求沒有甚麼關係的本土菁英份子，他們希望保衛的香港核心價值，主要是源自古典自由主義的民主、人權、法治和自由。

2003年和2004年數以十萬人參與的七一遊行，當中包括了不少第一次上街抗爭的80和90後青少年，催生了新一代的本土民間抗爭力量，成立了一些規模不大的零散社運組織，但沒有(或抗拒)發展出一個統合性的領導。2003年以後，各種多元議題的社運蓬勃發展，包括同志運動，以及此起彼落的保育社區及本土文化社會運動。最早的一波是2003年醞釀的灣仔利東街重建抗爭，香港今天一些活躍於守護本土文化和土地運動的成員，也曾參與保育利東街運動。到了零五年香港反世貿，韓農的各種示威方式影響整整一代香港年輕的抗爭者，於2006–2007年的天星、皇后碼頭抗爭中開花結果。這批新一代的社運參與者，正式打出「本土」的旗號，成立一個名為「本土行動」的組織，揭開了戰後第三波的本土社運的序幕，「本土」一詞開始廣泛流通。2009年的反高鐵抗爭，差不多重新聚合了2003年七一湧現的各種新生社會力量，形成了一次規模龐大、以守護在地社區(菜園村)和隱含抗拒「中港融合」為基調的本土抗爭。之後的反國民教育運動(2012年)、反新界東北發展計劃(2012–)，以至雨傘運動(2014–)，都可以看作為這一波的本土社會抗爭的延續。

然而，儘管2003年後的本土社會運動旗幟鮮明，甚至逐漸發展出較系統的本土論述，但同時也埋下了分裂的種子。

隨着一些不滿過去的社會運動成效不彰、又或想爭取領導本土抗爭的政治力量的湧現[33]，民間社會運動出現愈來愈嚴重的分化，甚至相互批評指責，這在雨傘運動中表露無遺。

本土主義的階級根源

這新一波以族群文化身份推動的本土政治，尤其是當中帶濃重分離主義味道的民粹「本土派」，在有意無意間忽略或轉移了「本土主義」的階級問題根源，包括過去三十年在所謂「新自由主義」的意識形態和社會政策推動下的社會資源分配兩極化的趨勢(見上一章的分析)。

保衛本土生活和核心價值的各類運動，表面上針對的，是香港以外的「他者」，尤其表現為抗拒中國大陸的族群矛盾。不過，早期的保育本土運動(如天星皇后反高鐵)中所強調的「不遷不拆」，到反對在新界東北興建「雙非富豪城」和「港人港地」的提法，亦在在透露出階級矛盾的訊息：誰有能力以西九為基地建立中港兩小時生活圈？或購買西九的豪宅私樓？誰將喪失家園和日常生活的公共空間？甚至抗拒中國大陸政權阻礙本地政治民主化的「雨傘運動」，其實也反映了過去二、三十年階級兩極分化的過程，已差不多擠壓掉了「溫和中產」所重視的價值及生活方式[34]。而「限奶

33 當中以陳雲、「熱血公民」等為代表的「城邦本土派」影響力較大，也包括少部分鼓吹港獨或回歸英殖的分離主義者。他們提倡「勇武抗爭」、操作民粹政治，具體針對大陸到港的旅客和新移民，以「蝗蟲」等空洞能指建構本土的他者敵人。

34 曾俊華任香港財政司司長時期提出的「中產論」之所以惹來很大的反彈，恐怕與不少本地的「中產階級」再(或從來)無法享受這位前財爺眼中的理想「中產」生活有關。

令」、「自由行」所反映的中港矛盾，難道與中國大陸新興中產階級未能在內地獲得滿足其嚮往的中產理想生活，從而衍生出的生存策略無關？當然，這些佔中國大陸人口少數的中上階層，在大國效應下(1%的大陸人口就有一千三百多萬)，對人口只有七百萬的港人生活的影響自然巨大。

下以「自由行」旅客為例，進一步說明這種大國效應下香港民眾所受到的影響。2003年中國大陸進一步開放旅遊政策，不同城市自由行政策相繼實施，讓中國大陸不同地方的人很容易就可以來到香港。根據香港的旅遊統計，來自中國大陸的旅客增長的速度很快，2002年只有638萬人次的中國大陸遊客到港，十年之間就增至2013年的4045萬，佔總旅客比例從41%增長到75%。這4000多萬人次的旅客，假設每人每年來港四次，大約有1000萬人。1000萬不及中國人口的1%，其中一天來回的旅客(接近總來港陸客的六成)，大概都是具備一定購買力。所以，這為香港民眾(尤其是底層民衆)帶來日常生活不便的少於1%的中國大陸民眾，很可能是國內的中產階級或富裕階層。最近幾年，香港的商場和街道上的商鋪，大部分已改造成剩下兩至三種商鋪，或售賣日用品(主要是奶粉或者嬰兒用品)的藥房，或售賣黃金等奢侈品店。這樣的改變，令香港本地民眾生活壓力增加，因商鋪轉型後，與本土日常生活需求的呼應逐漸減少。

造成低下階層日常生活備受干擾排擠的原因，在很大程度上仍是來自資源的兩極分化，導致本土的土地、時間和知識等資源，愈來愈集中於服務中港兩地的高中收入階層。在當代香港，財富和時間、空間、知識等資源兩極分化的影響，導致佔人口大多數的低收入和缺乏資源的社群，在面對中國大陸龐大的資金和政治力量南下時，往往首當其衝，日常生活直接受到干擾，因此較中上收入和擁有較多資源的社群，更容易滋生排外的情緒。例如，商場街舖的改變、新建的私樓、公共交通如高鐵的設計，以至醫療和教育資源的分配，在在都受到掌控政治和經濟資產者所主導，使少數人口佔用了愈來愈多的土地、商品、知識，擠掉本地大多數人的生活空間和選擇。具體表現為：以連鎖店為主的商場取代了小販和屋村的街道店舖，商業中心的街道店舖則轉化成金舖、藥行、化妝品店或電器零售，擠掉了過去主要為街坊和本地低收入百姓服務的食肆和商舖，同時擠掉了他們以往能夠享有的相對優質和有選擇的自由生活。

階級矛盾如何轉化為排外的本土主義

然而，由於近年這種擠佔的過程，主要以「中港融合」的論述和中國大陸的自由行方式呈現，再加上「本土主義」論述和行動的推動，導致原本帶有強烈階級根源的擠佔本地低下階層生活空間的過程(如高價店舖取代街坊小販)，也逐漸被取代轉化成為中港族群之間的矛盾。上述的社會矛盾其實是源自香港政府發展過急的「中港融合」或「自由行」政策，基本上是一個數量和階級的問題，但卻被轉化成為中港族群矛盾的議題，除了跟香港政府選用「中港融合」這類概念，容易把階級問題轉化為中港民眾之間的矛盾，亦與基本上服務於資產階級的官員和政黨，並不排拒甚至樂意把階級分化的真問題，轉化為對統治階級威脅不大的族群矛盾(例如上一屆特區政府樂於推動的「零雙非」、「港人港地」和「限奶令」)的政治計算有關。加上大眾媒體的操作又慣常把問題簡化誇大，再加上瀰漫於社會(尤其是網絡世界)的民粹政治，結果造就了近年以排外(中國大陸)為主調的民粹「本土主義」的坐大。

值得補充的一點是，在這個「本土」置換階級的過程當中，中共政權也扮演着極為重要的角色。與戰後港英殖民政權基於管治考量，希望割斷中共和國民黨對香港的影響，以去國族化的中文教育促進了香港本土文化身份的生成類似，北京與特區政府於二十一世紀初香港「本土主義」蓬勃發展的時期，尤其是在雨傘運動前後，也不忌憚透過官媒、互聯網和控制書籍的發行流通，刻意放大香港社會抗爭中的「排中民粹」本土政治，客觀上強化了中港兩地民眾的矛盾，產生了隔絕香港民主運動對中國民眾的影響。如果說香港戰後的第一、第二波本土社會抗爭得力於港英殖民政權的推動，那麼回歸後最近一波的本土主義，也可看到北京和特區政府的共謀。在強大的國家機器推波助瀾下，人數稀少的港獨倡議，也能成為輿論的焦點；而排中的民粹本土派近年的強大聲勢，也不能簡單歸咎於帶階級意覺的本土社運派(也就是民粹本土派攻擊的「左膠」)的論述不力。

另一方面，自1989年後蘇聯東歐等共產國家解體，新自由主義當道，再加上近二、三十年強調性別、種族、年齡等身份政治的興起，文化多元主義對階級基要主義持續的批判，令強調資源分配正義的階級政治，逐漸讓位於側重追求被社會認可的差異政治(Fraser 1999)，弔詭地與主流的冷戰反共(反文革)論述合流[35]，客觀上進一步擠壓掉階級話語的空間，同時為「本土主義」的興起，清除了主要的論述障礙。[36]

貧富懸殊、政治分化、流離失所與社會的自我保衛

隨着財富不斷往中港工商富豪手上集中，部分則流入主要為他們服務的專業中產階層，這些佔人口少數的中上階層的經濟政治力量也急劇膨脹。權力孕育更大權力，金錢衍生更多金錢，他們影響政府決策，佔用公共資源，改造社會制度，建立不平等的遊戲規則，使大學、傳媒、基建、

35 「階級鬥爭」這詞，在過去或直至現在的香港，存在一種不證自明的共識，就是把它與非理性、極端激進、殘暴混亂等負面形容詞掛鈎，這也許與港人對強調「千萬不要忘記階級鬥爭」的「文化大革命」的理解或想像有關。因此，在香港很難公開地以「階級」扣連百姓在日常生活中碰到的問題，除了去政治化的階級話語。於是，過去十多二十年，有關「階級」的主導論述，是主要集中在生活方式的「中產階級分析」。

36 以當代美國為例，齊澤克(Zizek 2012)嘗試說明階級矛盾為何及如何轉化為排外的民粹政治。他指出，主要以性別和種族議題呈現的「文化戰爭」，其實是被轉置了的階級戰爭。美國的「統治階級」儘管不同意宗教右派的民粹道德訴求，但卻容忍他們發起的「道德戰爭」(例如反墮胎和同性戀)，主要是借此轉移階級矛盾，把下層階級(低收入農民和工人)的不滿，導向別的地方——針對(中產的)「自由主義者」(liberals)。而在美國鼓吹多元文化的「自由主義者」，儘管表示願意站在低收入階層一邊，但他們強調的婦女權利與種族平等價值，卻往往發放相反的階級訊息——批判被指責為基要主義(fundmentalist)或父權的「低下階層」。弔詭的是，反種族主義和反性別主義追求的是差異的確認，希望不同的文化社群能夠互相尊重共處，而階級鬥爭所追求的，卻是否定其對立階級的位置，循這角度看，在當代美國，繼承(但轉移了鬥爭目標)傳統左派的階級鬥爭方式的，竟不是站於政治光譜靠左的「自由主義者」，而是極右的民粹主義。

土地等均向中港富裕階層傾斜。美國經濟學者Paul Krugman及 Robin Wells(2012)分析，經濟的貧富分化會導致政治的兩極化，特別是既得利益的右翼份子將愈趨保守，嘗試阻礙任何不利他們特權的體制改革，甚至視溫和的凱恩斯主義為洪水猛獸，對奧巴馬的醫療改革(其實源自右翼的傳統基金會)也寸步不讓，而在特朗普主政下更作出反攻倒算。在香港，經二、三十年的劫貧濟富，羽翼已豐的中港政商階層，也變得更加保守，在政治改革、財富分配等方面錙銖必較，或指鹿為馬以巧言偽術改換普選的定義，或只願意拿出短期的小「甜頭」(如外判商提出的「福利」，或港鐵巴士的「優惠」，以至財政預算的「派糖」)，不作長期承擔，更遑論改變分配結構。更甚的是，各種溫和的改革建議和行動，在這些慣享特權者眼中，紛紛化作「激進巨獸」——倡議最低工資「等同」走向「社會主義」或「福利國家」；和平的罷工集會竟被喻作「文革式手法」。

不平等的政經實力，進一步擴大不平等的分配和對邊緣社群身份地位的排拒。由少數中港中上階層掌控或主導的政治影響力及購買力，令不民主的功能團體選舉近三十年不變，使住房商鋪等「資產」價格高企，壓縮了本地工人百姓的生活空間，窄化了價值的準則，傷害勞動者的尊嚴，最終引來社會的自我保護——始起彼伏的社會運動，保衛本土生活和核心價值。

香港的情況並非特例，隨着2008年「金融海嘯」徹底暴露了富者(特別是金融機構)享盡了政府干預的好處，但貧者卻被要求「埋單」，全球性的經濟危機正逐漸轉化成全球性的政治危(轉？)機。由希臘、法國、西班牙、泰國、馬來西亞等地民眾此起彼落的抗爭，到拉丁美洲左翼政治冒升，到中東的「茉莉花革命」，國際社會正出現了一輪的反資本主義「階級鬥爭」，彰顯的也是社會中不同社群的自我保衛。

回到香港，社會的貧富階層走向兩極、政府政黨傳媒日趨民粹，逐漸動搖了「中產階級」企圖扮演社會中心的根基；政府、政黨的制度性暴力或街頭抗爭，也令不少處身「中產階級」位置的社群所崇尚的「理性溝通」、「程序公義」、「博愛和平」這些古典自由主義價值變得虛幻。「地產霸權」、「官商鄉黑」等(儘管不太精確的)說法的湧現，反映了民眾針對官商階級的厭惡情緒。在這樣的社會轉型下，2011年「七一」遊行隊伍中，又再出現了久違的「階級鬥爭」旗幟，揮舞者是一群年輕人[37]。

不過，「階級鬥爭」的提法，並沒有成為本地社會的論述的主要關鍵詞，甚至很快就被輿論遺忘。除了因為上述的階級矛盾被「本土主義」吸納轉化外，還可能由於這種缺乏中介的「階級鬥爭」提法，並未能擺脱以往帶經濟決定論的階級基要主義的陰影，也就是沒法把經濟不平等和剝削關係，與文化身份政治所強調的族群、性別、生態保育等同屬社會自我保護的關懷扣連。然而，儘管「階級鬥爭」不易言

37 「階級鬥爭」旗幟於公共領域的再現，在相對保守和追求安定的香港，惹來了各方評擊自是意料中事。有趣的是，有關的批評大多只是引用文革的「集體記憶(或想像)」，扣連恐懼的政治，無需說理，只一再重複「忘記了文革血的歷史嗎？」這嘲諷式老調，嘗試把「階級鬥爭」的提法消音。這除了無助我們理解「階級鬥爭」的口號為何會再次在本地公共論述中出場，也同時説明了禁制「階級鬥爭」話語，仍然在香港佔據着統治性的共識。

說，但面對佔產者對無產者共享的資源的掠奪不斷升級，擁有政治及文化宰制權者對邊緣社群的排拒及無視，階級視野顯然並非可有可無。因此，要理解香港社會近年的轉變，尤其是政治危機和相伴的社會矛盾的激化和社會自我保衛的興起，恐怕必須尋找合適的話語，直面日益明顯的階級對立[38]。

新時代的階級分析

一直以來，「階級」主要被理解為依據收入水平或不同職業劃分的社會位置，例如高收入的社群或金融地產等大企業CEO被界定為資產階級、中收入或專業白領行政是中產階級、低收入或「打工仔」則是無產階級。然而，這種根據社會位置劃分階級的做法無助我們理解不同社群的政治(或反政治)取態，例如，為甚麼中小企業組織會比大企業更反對「公平競爭法」？又或為何低收入的「打工仔」會投票予偏幫官商的「建制派」？因此，要理解香港社會轉型中的政治危機，需要重新思考「階級」的定義。

本章所提出的「階級」，其界定劃分的方式，不僅包括狹義的經濟利益(如收入)或職業地位，而是同時包含不同的生活方式及價值信念。過去的階級分析側重於經濟剝削和物質利益，缺乏對生活品質和文化價值爭持的重視，這是十分狹隘甚至是錯誤的。正如波蘭尼指出，「一個階級的利益最直接地是指身份(standing)和等級(rank)、地位和安全，也就是說，它們首先是社會性的而不是經濟性的」(波蘭尼

38　僅使用波蘭尼所指的「社會自我保衛」，無法突顯當代危機的階級兩極分化根源，也相對容易被排外的「本土主義」收編。

2001：頁131)，而「金錢利益也是與非金錢利益不可分割的」(頁132)，社會的災難也「首先是一種文化現象而不是經濟現象……導致退化和淪落的原因……是被犧牲者文化環境的解體……後果是其自尊和水準(standard)的丟失，不論其單位是一個民族還是一個階級」[39](頁134)。波蘭尼所指的文化及社會生活的流離失所，包括「手藝被荒廢」、「生存的社會和政治條件被破壞」(頁135)，因此才有廣泛的社會自我保護，「最終，正是一個階級與社會整體的關係決定了它在歷史中扮演的角色；它的成功是由它能夠為之服務的利益的廣泛性和多樣性，而不是它自身的利益所決定的。實際上，只關注一個階級的狹隘利益的政策甚至不能護衛這種利益本身」(頁133)。循這思路，香港過去十年此起彼伏的社會運動和文化批判，也就是波蘭尼所指的社會自我保護，並非建基於狹義的階級經濟利益，而是源自「新自由主義」對整體的社會生活和文化價值的破壞。

波蘭尼同時提醒我們，階級是變動不居的，這個觀點，

39 他以十九世紀印度為例，指出問題不在於經濟剝削，而在於激進的自由經濟烏托邦破壞了當地舊有的共同體，但卻未能為平民百姓提供新的保護方式，結果導致大饑荒。類似的是，香港最近的碼頭工友的罷工，自然與工資待遇有關，但工友重視的還包括「爭番啖氣」。短短二十多天就籌集到數百萬的罷工基金，得到公眾的廣泛同情，顯然還基於工友所面對的不那麼人道的吃喝拉睡生活和工作方式，以至對平等、義氣和尊嚴等價值觀念的重視。而在佔中與本土運動當中，基於不同階級的不同生活方式及價值信念所產生的矛盾，例如特權vs普選、增長vs保育，更是昭然明瞭。換句話說，階級矛盾指的是：既得利益社群或財權佔有者對被排擠或不佔權產者的欺壓，包括經濟利益的剝削、政治權利的排拒、生活方式的改造，以至價值觀念的強加，最終令後者在物質和精神生活上流離失所，無法依自己的意願安居樂業。

在當代社會得到了迴響。J. K. Gibson-Graham等學者(2000)提出，「階級」是一個佔用和分配資源的過程，而非根據先驗的社會位置來劃分。換句話說，決定一個人或社群屬於哪一個階級，主要取決於他或他們在其置身的資源分配過程中，是更多(或更少)地佔用了社會和自然資源，還是遭排拒或剝削。因此，同時擁有物業或其他資產(包括港人身份)以收取由此帶來的租值(rent)的「打工仔」，恐怕不一定會採用激進的「無產階級」政治取態。

齊澤克(Žižek 2010)進一步指出，當代政治的一個重要趨勢，是針對文化資源、自然生態和生物基因的新「圈地運動」，也就是透過知識產權專利、私有化原本由公眾共享的土地、水、石油、森林等自然資源及動植物體內的生物基因，催生了新一輪的無產階級化過程——逐漸把大部分民眾原先擁有或共享的文化資源、自然生態和生物基因掠奪，使他們變成一無所有的「無產階級」。因此，當代的階級應根據對文化資源、自然生態和生物基因的佔有或被排拒而劃分，歸類為「被選中者」(Included)和「被排拒者」(Excluded)兩種階級。齊澤克認為，新的「圈地運動」(或把文化資源、自然生態和生物基因等資源私有化的過程)，並非是根據你情我願的自由買賣邏輯操作，而是依賴法律或軍事等強制手段，製造出壟斷的地租，並借此而佔用各類自然與文化資源。例如，掌控私人電腦標準操作平台軟件的微軟公司，或獨享知識產權的專利持有者，又或港人熟悉的大地產發展商，主要並非依靠降低生產成本來增加利潤，而是透過建立或進駐壟斷的位置，收取廣義的租值，佔用自然和文化資源的最大份額。這也是「被選中者」(或「佔產階級」)對「被排拒者」(「無產階級」)的「階級鬥爭」，也是造成當代政治危機的根本原因。

因此，要扭轉社會兩極分化和由此引起的政治危機，「被排拒者」有必要針對擁有壟斷特權的「被選中者」進行抗爭。

共享的鬥爭：讓「本土」結合「階級」

齊澤克認為，當代社會的「無產階級」主要包含三類社群——知識工作者、勞動工人和邊緣族群(例如失業者或新移民)，他們都同樣面對因「被選中者」(圈地者)的不斷佔用文化和自然資源而失去過去能共享的公共空間。困難的是，在窄隘的身份政治影響下，三類主要的「被排拒」者之間，往往未能團結對抗被選中的「佔產階級」，甚至相互排斥，例如知識工作者對勞工階層和邊緣族群的文化偏見，勞動工人也經常不滿知識分子和邊緣族群；而在這樣的不友善環境下，邊緣族群自然也不會對知識分子和勞動工人產生好感。因此，齊澤克相信，如果能夠讓全世界「被排拒者」(「無產階級」)聯合起來，已經是走向一個更平等和公義社會的「階級鬥爭」過程中的重大勝利。

循齊澤克的思路，我們不難理解，為甚麼政治的鬥爭並不在於爭奪政府的權力(例如誰當特首)，而在於改造政權和政體的運作，使它有利於更平等和公正地分配自然和文化資源。為此，我們需要改造那種建基於不同社會位置的身份政治(例如本土vs外族)，避免進一步分化「被排拒者」，而應在新的社會環境下，針對造成政治危機的源頭，創造新的或「活化」舊的政治(階級及本土)語言，提出有助理解和建設性地處理社會矛盾的論述，在「被選中者」(「佔產階級」)和「被排拒者」(「無產階級」)兩極分化愈來愈明顯的社會現實下，直面及認真分析已經不能再迴避或遮掩的「階級鬥爭」。

一個可資參考的分析進路，是馬國明對「本土」的定義。他認為，「本土」其實產生自升斗市民的日常生活，回歸「本土」就是「與被壓迫的祖先相認」。循這思路，我們可以進一步分析：被壓迫的「祖先」，就是在不同時代受既得利益社群或財權佔有者欺壓或排拒的香港老百姓；「被壓迫」則包括了物質生活、社會地位和文化價值的流離失所；與他們「相認」，除了指情感的回歸，還包括站於雞蛋而非高牆一方的階級認同，以至直面階級矛盾而非轉移為族群對立、鼓吹排外政治的清醒「認」識。

此外，Fraser(1999)提出的不要把重新分配(redistribution)與確認(recognition)的政治鬥爭截然分割，也是值得我們進一步深思的視野。她認為，所有的階級矛盾(分配政治)與身份差異(確認政治)都是你中有我、我中有你的。因此問題不是要二選其一，而是以平等的參與機會(parity of participation)，統合兩者。而在當代香港，本土及性別等身份政治如日方中，階級視野備受壓抑的社會脈絡，我們或有必要以非基要主義的方式和態度[40]，相對地強調分配政治的重要性。

歐洲上世初的文明危機(大衰退和兩次大戰)，正如波蘭尼指出，根源自「放任主義」(舊版的「新自由主義」)所鼓吹的激進意識形態和社會分配政策，對人類生活和自然生態產生了極大的破壞，導致各種形式的流離失所，催生了環保、工運、政改等社會自我保護運動。儘管這些社運看來分散，但其實來自同一源頭。他沒有討論的，是怎樣令這些不同的社會運動更有效地針對這同一源頭，而非各自為戰，甚至相互抵消。這正是我們今天面對類似的困局時，需要認真考慮的。

40 Grossberg(2010)指出，在當代社會到處浮現的基要主義，基本上是一種價值的負經濟(a negative economy of value)，也就是想全盤否定甚至滅絕他者之價值，而非像過去一樣僅建立一種劃分價值的等級。因此，當代政治的主要戰場，不在於在既有的價值坐標下追求再分配，而是爭奪界定甚麼是有價值的；而當代的危機，也主要體現於判斷和比較價值的危機(crises of commensuration)。面對這新的危機，他認為我們需要建立既能確認他者差異的價值、又不致普同化所有價值的比較價值的邏輯，一種非基要主義的邏輯。(Grossberg 2010: 160–168)

IV

民間社會　自我保衛

1. 不順服的權利與力量

在北京人大「八三一」決議、DQ議員、東北13和雙學三子判囚、十大校長反港獨聲明之後，有關「威權管治」或「威權法治」的説法，在香港日趨流行。然而，在公共媒體出現的有關論述，大多數並沒有清晰地定義這些概念。如果「威權管治」(authoritarian rule)是指政治上的高度集權、限制民主和社會運動、壓抑民間反對力量，那麼百多年殖民體制下的香港，經受的從來就是一種「威權管治」，只是過去的殖民政權或受制於英國國內和國際社會的壓力，或嘗試採取懷柔專政的策略，不會經常有權盡用，感覺上管治好像相對寬鬆。然而，無可否認，殖民香港的民主實在長期缺席，政制的確高度集權，工會缺乏集體談判權、社運受制於公安條例、行政局/會議主導的政策由上面下、立法機關缺乏民選代表。

從威權管治到極權主義

如果「威權管治」從來存在，那麼我們近年看到的香港社會轉變，或許用「極權主義」(totalitarianism)[1] 的臨近來形容，會更為貼切。「極權主義」指的是一種透過暴力製造恐懼，並以謊言作統治手段的社會狀態，當中往往只存在單一的價值觀念(鼓吹弱肉強食競爭至上的社會達爾文主義)與

1　這裏採用的「極權主義」概念，主要是借引自漢娜·阿倫特意義下的totalitarianism 或哈維爾筆下的post-totalitarianism，相關的討論見第三和第四章。

是非對錯準則(由政權/管治需要與非友即敵的邏輯決定)，嘗試壓抑個體與社群多元而獨立自主的生活，統制約束民眾百姓的生命/生活的每一個環節。

漢娜．阿倫特(2008)指出，極權主義的一個特點，是掌控最高權力的統治階層，完全不會自我約束於其曾經允諾的原則價值或政策方向，「這種異常的可更改性和缺乏延續性可謂它的突出的個性性格。」(p. 306)她的意思是說，極權主義並不會執著於特定的意識形態，也非建基於清晰的階級利益，而是一種「不計好醜但求就手」的現實政治思維和行動邏輯，為求當下的勝利(不管「勝利」的內容或「勝利」意味着甚麼：只要「勝利」就成)，可以不擇手段、前言不對後語，因此必然反智，同時又藐視道德準則。

極權主義的另一個面貌，是對獨立自主的個人與群體的壓抑，嘗試製造出孤立或原子化的個體，以確保對統治者的絕對忠誠。孤立或原子化的個體無法在社群網絡中得到支援，只能單獨地面對強大的統治集團，自然較容易屈膝臣服。而要達至絕對忠誠，最有效的方法是透過不帶具體內容的要求，例如無條件的「愛國」(或「愛黨」)，而非特定的訴求如「收回釣魚臺」，又或擁護政治權利和經濟機會平等、消滅剝削工人的「共產主義」主張，因為如果存在一種具體的政治計畫，就意味着在黨國領袖以外存在着另一種權威。也就是說，一種具體的意識形態主張，例如認真地界定「共產主義」、「資本主義」或「一國兩制」的內容、訴求或政策，將成為極權——對黨國的完全而絕對的服從——的阻礙。

因此，阿倫特進一步分析，在極權主義統治的國度，擁有清醒而具體的想法和主張的「第一流的天才」，甚至包括支持政權建制立場的精英，都會受到強迫每個個體絕對順服的極權主義所排斥，因為極權統治不會容許任何可能偏離其要求的思想和行動，尤其是具創意的自由個體或社群所作出的無法完全預見後果的思想和行動。於是，政權建制會任用的人，都「是一些騙子和傻瓜，因為他們缺少智慧和創造力，這正是他們的忠誠的最好保障」(p. 439)。這亦是為甚麼在極權主義臨近的社會，會出現越來越多的像香港的「愛」和「珍惜」干政的現象，又或不難看到統治階層的「沒有最低、只有更低」的平庸表現。

與此相關的一個現象，是社會中差異和多元生活的逐漸消逝，而公共輿論中辨別真理與謬誤、現實與虛構的能力，亦不斷倒退，剩下的就只有簡單的二元對立思維——不是同黨就是敵人；又或是指鹿為馬成為常態，赤裸的權力當道，令商議、對話、諷刺和理性批判失效，社會走向兩極。於是，語言偽術充斥，分析時事、判斷對錯往往政治立場先行，以至大學校長也必須就港獨表態，變成了哈維爾筆下的賣菜大叔。[2]

要判斷「極權主義」是否正在走近，依賴過去的專制vs文明、共產主義vs資本主義等意識形態劃分，恐怕幫助不大。相反，看看統治集團是否越來越反智，「庸人」干政是否越來越普遍，不順服的權利是否日漸消亡，大概是觀察我

---

2 參閱馬獄〈重讀哈維爾與一國兩制的支柱〉，《明報》，2017年10月16日。

們的社會是否正在走向「極權主義」的風向指標。除此以外，或許我們可考察如下的問題：掌權者是否正大力推動二元對立(非友即敵)的管治邏輯，嘗試消滅民眾多元自主的生活？是否變本加厲地貶抑實證依據、專業知識，只以謊言進行管治，用暴力、恐懼取代對話、溝通？循這些問題指向的分析和判斷，說香港正逐步地遭到極權管治的入侵，似乎並非毫無根據。

如果威權管治要的是政治上的專制獨裁，壓抑以至禁絕所有反對聲音，那麼極權主義則希望把暴力、謊言、恐懼、犬儒滲透於民眾的日常生活，嘗試貶抑客觀事實、去除道德良心，根本上是一項改造(或毀壞)人性的文化大計。

要改造(或毀壞)人性，首先必須清除人權與自由，以及作為其體制上的保障的民主和法治，取而代之的是將人降格為純獸的「搵食大晒」中(西)環價值。政治上的威權管治，自殖民時代早已存在，今天只是變本加厲，其客觀效果是推動了極權的文化大計——收編或貶抑宗教、專業、工藝、理性、道德等政權以外的其他權力來源，不斷重複暴力與謊言，嘗試讓它們變成為新的言行規範和習慣，從中製造恐懼與犬儒，散播認命退卻的集體情緒。

走向極權主義過程中的群眾運動，借用阿倫特的分析，其實源自「社會分化和極端個人主義」，他們「總是拒絕承認社會聯繫或者社會責任」，主要的特点是「孤獨和缺少正常的社會聯繫」(p. 413)。倘真如是，抵制極權擴散的抗爭方向，需要抗拒暴力恐嚇、敵我二元、反智空洞、語言偽術，守護商議溝通、多元自主、尊重知識、磊落真誠。而除了回歸智性多元、公共對話——或促進社會整體的共同學習(共學)外，也許應同時包括轉化令民眾變得孤獨和脫離社會聯繫或者社會責任的脈絡，認真地建立或鞏固各式各樣的民間組織、專業團體，在政權建制的單一價值和要求外，打造或強化阻止極權邏輯滲入民眾百姓生活的街壘，這也是波蘭尼所指的「雙向運動」中的社會自我保護。

三十年民運背後的雙向運動

香港今天以極權臨近的面貌呈現政治與管治危機，自然與近幾年的「八三一」、「六八九」、「七七七」等幾組數字直接相關；然而，引發危機的「深層次矛盾」，其實早在1980年代種下。

從民主運動的角度回顧1980年代，焦點往往集中於中英談判和八九六四。近年《立場新聞》一系列有關民主回歸和匯點的深度報導，是較為詳細的相關討論。這裏補充一個相對受忽略的視角，也就是一種文化經濟學的角度，循此探討香港當代危機的前因。

卡爾．波蘭尼的《大轉型》，分析了二十世紀上半葉歐洲文明危機的歷史原因，提出了著名的「雙向運動」概念：一方(主要是政權、商人、經濟學家)強調，人們必須依據「自我調節的市場」的理念，透過圈地建廠、圍田造屋，急促地改造社會，才能夠達至安定繁榮的烏托邦；另一方(主要是佔人口絕大多數的工人農民)則需要直面這激進的社會改造工程所帶來的影響，包括生態災難、兩極分化、文化衰敗、流離失所，從而激發社會的自我保護運動。

借用這雙向運動的視野來分析當代世界，可以看到，1980年代，正是英美主導的全球「新自由主義」文化大計起航的年代，以「自由市場」等「離地」理念，造就了往後三十多年的財富重新分配，從民眾流向富人手中；1980年代同時是中國大陸開始引進英美的「自由市場」觀念，急促推動「改革開放」，工商金融業高速增長的年代。「努力興建」三峽、核電、高鐵、房地產項目的同時，也「盡情破壞」生態、社區、文化，走上了貧富日益分化、政權不斷維穩的不歸路。更重要的是，這些急促的政治經濟變化，同時也導致社會價值的改變，短視、單一、狹隘的功利思想盛行，重視真、善、美的價值被貶抑漠視，進一步為偏激急進的「新自由主義」劫貧濟富文化大計，掃清了障礙。

身處全球和中國大陸的「鉅變」洪流，香港近三十年也經歷了類近的政治經濟變化，依據「小政府大市場」、「積極不干預」等「離地」信條，鼓勵中環價值，助長財團壟斷，急促改造農村和都市地貌，把土地、生態、人化作為謀利的「資源」，導致貧富兩極分化、政治權力集中於由西環操控的本地政商，以至跨國及中資財團手中；而在「中港融合」的大勢之下，來自「改革開放」後的北方功利主義和「現實政治」，與本土「務實」的中環價值合流共謀，鞏固了「搵錢至上」的統識(hegemony)，為不擇手段追求狹隘經濟增長的社會改造工程——也就是對生態和民眾構成極大威脅的急進大計，造就了基本的文化條件，但也同時催生了各式各樣的社會自我保護運動。

在香港與全球其他地方，社會自我保護運動所涉及的範圍，包括關顧環保、本土文化、貧富懸殊、民主人權，這些運動嘗試保育自然生態、社區文化，讓民眾不致在「新自由主義」文化大計所催生的社會急促變動中流離失所。這種種社會的自我保護運動，跟雨傘運動中高揚的重奪未來、命運自主等訴求，基本一致，其核心是守衛民眾拒絕奴化臣服的權利，也就是「回歸人心」。

雨傘運動和否決政改，展示了有利於社會自我保護運動成長的空間，包括建制派在長期受壟斷特權保護下孕育的低劣水平，特別是在相對自由開放的港式文化和制度程序下，將無可避免地經常犯錯；另一方面，排外本土自身的分裂與局限，加上社會上存在限制極端急進暴力的土壤，也能減輕社會自我保護運動的壓力；最後是青少年的政治意識和行動能力的不斷成長，這正是民主未來的希望。

然而，社會自我保護運動也面臨艱鉅的挑戰。如果說，過去三十年香港政治經濟急促變動的推手，以至民主運動的阻力，主要來自中港政權、建制與財團的偏執傲慢、激進掠奪，那麼今天香港社運需要面對的，還得加上分裂自社會自我保護運動內部的政治力量，包括極端排外的「本土主義」。儘管來自政權和民間的這兩種極端的政治力量表面上互相攻擊，但實質上卻共享偏激急進的理念和工作方法。具體的表現，是抗拒認真和有耐性的公共討論和諮詢，取而代之的是：政權建制的語言偽術、公關伎倆，在沒有系統分析、具體研究的情況下，匆匆通過高鐵、東北發展撥款，強推教改國教科、社區驗毒；又或是排外本土的情緒政治、民粹操作，把源自中港官商共推的急促社會改造，以至隨之而來的兩極分化、生態危機、社區生活的流離失所，轉化為「族群」矛盾，從而錯置了問題及「敵人」，令社會的自我保護運動兩面受敵。

值得指出的是，真正抗拒來自政權建制和排外本土這兩種偏激政治力量的，並非是香港的政治光譜中的所謂的「溫和民主派」。因為這種「溫和」，主要是以行為形式來定義——不贊成拉布、佔領，寄望以談判的方式，追求「循序漸進」，也就是在中港政權設定的議程和框架下爭取民主。然而，倘若對手是偏激極端的政治力量，企圖急進地改造社會，令不少港人在精神和物質上流離失所，那麼抵抗的方向和方式，自然應是建立能夠阻擋這些破壞力量的社會自我保衛機制，行動形式上的「溫和」與否，並非關鍵，重要的是能否有效地保守永續發展、社區文化及自由人權，而堅定以至寸步不讓的原則和韌性長期的組織工作，比「溫和」的行動形式，更能準確表述或概括真正的社會自我保護運動的特徵。

香港的社會自我保護運動將面對的阻力和困難，除了來自政權建制的壓力、劣質殖民體制的框限、收編了的媒體的封殺、排外本土的攻擊，還包括民間社運內部在組織、領導、願景、目標方面，未能在直面差異下重新相互扣連。

社會撕裂的根源與差異的政治

近年本地社會的一種重要的變化，是不同社群之內或之間愈來愈傾向排拒差異。所謂「排拒差異」，並不僅指表面上的社會兩極化，或社會/民主運動的四分五裂，更重要的是一種無法或不願聆聽與自己立場不同的他者的聲音。之所以「不願」，涉及我們身處的社會中令人人極度繁忙的生存及情感狀態；而之所以「無法」，也許與對流通中的語言的各種既有定見所造成的聆聽障礙有關。

雨傘運動前後直接導致香港社運/民運分裂的一種推力，是提倡「不要大台」、「不要小組討論」的政治力量。「不要大台」針對的，是過去「泛民」和「傳統社運」的「大佬文化」和「聯席會議式」的政治操作；而「不要小組討論」所針對的，是由下而上尋求共識的實踐。之所以引起新世代的強力反彈，並不是由於「泛民」和「傳統社運」過於尊重及鼓吹差異，恰恰相反，正是由於「泛民」和「傳統社運」愈來愈不願或無法聆聽和理解與他們立場不同的政治差異，而這與「泛民」和「傳統社運」受困於過去有點僵化了的語言有關，例如僅把「激進」、「不顧大局」套用於新一代的行動形式，無法聽到這些行動背後的紛雜的情感和訴求。換句話說，引起「拆大台」、「棄討論」風潮的，正是過去的「團結/共識政治」錯讀並排拒了年輕一代的不同情感與差異訴求，引來他們對此的反彈及離棄。這種由錯讀而導致的有意或無意的排拒差異，與「泛民」和「傳統社運」的運作及論述慣性、身處的急變中的社會脈絡(「沒時間」反思)、以至在政治壓力下的策略性「求同存異」心態或許有關。

然而，「拆大台」、「棄討論」之後，部分「新世代」用以取而代之的，也是一種排拒差異的「社群團結/共識政治」——主要以社交媒體，透過排拒「非我族類」(如

「左膠」)，建立社群內的同一身份(如「勇武」)，其僵化了的語言也阻礙了他們聆聽差異的能力，例如僅把「和理非非」、「行禮如儀」套用於上一代的行動形式(如紀念六四)，無法聽到這些行動背後的紛雜的情感和訴求；又或是一種排拒內在差異的個人主義——把自身想像為不會自相矛盾、完全沒有內藏一點「敵人」的「黑暗面」的統一(勇武)主體，可以完全獨立自主地作出行動及決定。換句話說，做成泛民與「拆大台」、「棄討論」的「新世代」的分裂，在「沒時間」、新媒體影響下的閱讀和聆聽匱乏，以至面對強大的敵人的全面進擊的社會脈絡下，不是由於他們認真地對待「差異」，而是僅把「差異」作為分道揚鑣的借口，實質仍然是排拒差異。

不少本地的民間/社運團體自然並不是「傳統泛民」與「拆大台」、「棄討論」派，然而也共享與他們身處的當代社會脈絡，儘管主觀意願不會排拒差異，在身處一個容易讓人排拒差異的社會脈絡，要完全不受影響大概會十分困難，正如魯迅的〈狂人日記〉所指出，身處幾千年吃人禮教的社會，自己也「未必無意之中」會吃了幾塊人肉。因此嘗試直面差異，超越不僅僅是策略性或工具性的共識，在香港當下的社會脈絡中，並非無關宏旨。

循此進路，或可以理解為何Iris Young(1990)這麼重視「差異的政治」(politics of difference)。Iris Young的「差異的政治」，建基於她對社區/社群(community)、美國自由左翼社會運動的身份與分配政治及對個人主義的批判。她認為，社區/社群在本質及政治上傾向排拒差異，身份與分配政治也忽略甚至壓抑社運內部的差異，而個人主義之所以傾向互相排拒、破壞團結，並不是太重視差異，把它無限放大的結果，而是建基於對「自我」的同一性(sameness)的假設，拒絕承認「自身」內部(思想、價值觀、潛/無意識、身體、行為)往往並不一致，而是自相矛盾的；或無法聆聽或看見自身的「不順眼」之處，也就是排拒了個體自身內部的差異(周星馳在《功夫》所說的「我癲起上嚟，連我自己都驚」)，最後只剩下想像中的「完全一致的主體」與另一想像中的「完全一致的主體」的「差異」，自然難以產生同理心及尋找主體間的共同性，這與「社群」假設或追求內部同一、排拒差異是同構的。

循此進路，我們可以理解，香港社會/民主運動的所以四分五裂，並非因為運動中認真地對待及尊重(或客觀上鼓吹了)差異，而是由於運動內部的不同社群之內和之間的語言定見和「身份政治」，排拒了差異，不願或無法聆聽他者的不同語言或情感。

針對這問題，Iris Young所倡議的「差異的政治」，提出可借用一種能容納多元、中介陌生、製造距離的「理想的城市」想像，以克服強調「親密無間」、「小而透明」的社區/社群的排他傾向 。強調認識、理解及尊重「差異」，並非一般所說的「求共存異」——也就是懸擱對「差異」的釐清及避免與「差異」的立場對話，又或是不分皂白地擁抱或放大差異——，而是嘗試幫自己移開聆聽(與己不同的他人)的障礙。至於如何建立差異的社群，至少有兩種可能的方向。

第一種建立差異的社群這的方向，是在社運之內及之間直面而非迴避差異，認真而深入地討論及釐清團隊之內及之間的各種差異的性質，分辨出這些差異所建基的是目標或願景(或價值觀)的不同，還是有共同目標或願景下卻對形勢的分析或社會脈絡的判斷不一樣，又或是目標願景與脈絡分析接近，但對如何在既有的社會脈絡下達致目標走近願景的行動計劃存有分歧。釐清這些差異，比策略性地避談它們，也許更有助社運團隊之內及之間建立更穩固的共識。嘗試邀請團隊之內的成員直面及分享可能存在的差異，並認真釐清這些差異的性質，並在此基礎上建立共識。不少差異可能主要是建基於對行動形式或計劃的分歧，其次是對形勢的分析或社會脈絡的判斷不一樣，如果邀請社運/民運組織者把這些對行動形式或社會脈絡判斷的分歧，置放在「我們的願景或目標」的視野下，嘗試提出及仔細釐清「我們真正在追求甚麼」這重要的問題，倘若對這個問題的答案分別不大，行動形式或社會脈絡判斷的分歧也有機會被轉化成最終能「通羅馬」的「條條大道」，新的共識或可建立；倘不，至少也能減少誤會、增進理解。

第二種建立差異的社群的方向，是面對社運/民運團隊之內及之間的各種無法消除的差異甚或矛盾時，嘗試設計不同層次的中介制度及過程(mediation)，例如引入第三者或公平的裁決機制，製造團隊之內及之間的合適的「距離」，作為淡化可能基於放大了差異和矛盾而造成的破壞性關係的緩衝。這也是Iris Young為何以「城市」——一個充滿各種中介制度及過程以處理大量差異甚或矛盾的陌生人——作為她的差異的政治的模型。

情感與體制：對極權的兩重抗爭

面對威權管治、極權文化的來襲，民眾容易沮喪無力，甚至變得不想動或不能動，認為做甚麼也沒有用。這為旨在為社群培力的民間組織和社會運動，帶來了巨大的挑戰。當個體，包括組織者或社運行動者，也陷「無路可走」的情感狀態，培力(empowerment)又如何可能？

極權文化嘗試壓抑和消滅的，包括保障個人及社群的自由和權利的各種體制與法規，以及民眾的自主意欲和能力。因此，想抗拒要改造(或毀壞)人性的極權文化大計，需要想方設法改變令社群及個人陷入無力的情感狀態，並同時編織與強化能守護人權自由的體制。

面對強大的國家機器、體制暴力，民間組織和社會運動往往難以在短期達致其預想目標，這是「很合理很合邏輯」的。在形勢比人強的社會環境下，應該在認清並堅持願景的同時，稍為調校短中期的目標，避免為自己開出「不可能的任務」，又或引用不適合的準則來衡量成敗。

事實上，民間組織和社會運動推展的計劃，以至個人的各種「生涯規劃」，其最終成效，往往並非完全由社群或個體的工作或努力而決定。最終影響成效的因素，還包括歷史發展的勢態，或社會大環境的變化，以及一些偶然性的因素，例如天災或意外。換句話說，民間組織工作、社會運動或個人努力，至多只是影響計劃成效的因素之一，因此當工作或努力之後的效果不及預期，我們並無必要完全歸因於社群或個人的失敗，這樣或許有助我們減輕因無法畢其功於一役而產生的挫敗甚至罪咎感，去掉本來不需背負的重擔，能夠繼續輕裝上路。

另一方面，把焦點從個體與民間組織/運動擴展至歷史勢態或歷史偶然，也能夠有助我們更清楚判斷在特定社會脈絡下，抗爭的可能性與局限。回看歷史，自十三世紀初英國頒佈大憲章，經歷了幾個世紀的反覆挫折，全民普選才逐漸在歐美落實，至二十世紀上半葉婦女才獲得選舉權。換句話説，保障民眾自由和人權的體制的建立，往往並不是一蹴而就，爭取的過程亦很少會一帆風順。此外，歷史的發展方向也不一定只有直線進步，不同的時段也可以出現民主自由、法治人權的倒退，例如上世紀二、三十年代法西斯浪潮下，歐洲不少地方的民主制度可以在短時間內煙消雲散；又例如911之後美國政府對保障人權的措施的相對漠視，或最近特朗普政府的反言論、出版、出入境等自由的政策，以至土耳其、緬甸、菲律賓等「民選」政權近年對人權的侵害，在在都見證了歷史的反覆。

這些歷史勢態和偶然因素，往往並非個人或民間組織所能完全左右的。個人或民間組織可以做的，是把焦點置於可控的工作範圍，盡量把行動結連願景目標，分析並嘗試改造社會環境，一步一步走下去。所謂「謀事在人，成事在天」，衡量成效的準則，應用於檢視「謀事」的過程，包括我們的抗爭的願景和目標是否足夠清晰？計劃及正在執行的工作是否及如何與願景/目標相關？校正「謀事」的方向與過程，也就是嘗試於困局中開拓新的可能性，有助我們擺脱「無路可走」的情感狀態。

抗拒極權文化的趨近，除了上述的情感培力外，另一項不可或缺的工作，是保衛或建造有助阻擋極權來犯的各種體制。要判斷哪一些體制可抗拒極權，並聚合不同位置上的抗爭者力量，得首先釐清極權文化所欲取消的人性，或人權自由、民主法治，根本的意思是甚麼。只有在此基礎之上，民間團體與社會運動才有可能建立共同或相近的政治願景。

1948年通過的《世界人權宣言》，除去了保障溫飽生存等權利外，還強調各種非物質性的權利，包括言論、思想、信仰、結社、集會、出入境等自由，以及民主參政、從事文藝、獲得教育、組織家庭等權利。儘管人權的內容十分廣泛，但當中最根本的，應是讓人有尊嚴和自主地存活。正如《世界人權宣言》第一條所寫的：「人人生而自由，在尊嚴和權利上一律平等」。在當代的複雜社會中，個體面對無遠弗屆的公權力和壟斷企業，同時又必須與大量的陌生者共同生活於城市都會空間，在多層官僚架構中介的集體社會脈絡下，要讓人活得有尊嚴，首要的是保護每個人的不順服的權利(right to nonconformity)，也就是容許不願意完全屈從於主流社會規管的個人，保有「可做想做的事和不做由外強加的事」的權利。

要保護社會上每個人(不僅是個別的「反對派」或「異端份子」)的不順服的權利，必須在制度上設立相應的程序、規則和空間，令個體於面對掌權者違反常識或專業守則的濫權無道而產生的後果時，不必身不由己、失卻尊嚴，仍然能夠自由地依良心、意願行事。也就是說，多數人或主流的決定，以至法規與權力的強制，不應無邊無限；一個能夠真正保護人權與自由的社會，應讓不願順服者能夠獲得受尊重的退守空間，有尊嚴地展開「次優」的生活或生存選擇。

法治與民主正是兩種可用來保護人權與自由——或更根本地說，保障不順服的權利——的體制性安排。儘管近年的釋法DQ、「13+3」覆核刑罰[3]、立會涉嫌違憲地修改議事規程，已在很大程度上削弱了法治對人權自由的保護，但正如長期活於極權統治下的前捷克總統哈維爾提醒我們：「把法律看成只是一個偽裝，沒有可靠性，因而不屑向它訴求，實際上只會使法律作為偽裝和官樣文章的性質變本加厲，默許法律成為假象世界的組成部分，令那些利用法律佔便宜的人可以從容地享有這種(最虛偽的)藉口」[4]。因此，如果要在極權臨近中守護不順服的權利，法律這戰場不能輕言放棄。但僅靠守護較合理的法律條文是不夠的，同時需要建立或鞏固相關的制度及程序，令紙上的權利真正生效。

與法治一樣，民主發展於近年的香港也停滯不前，甚或倒退。然而，民選議會，包括區議會和立法會，在當代香港仍然是少數能守衛人權自由的體制，因此認真地參選及做好議會工作，在有限的議會權力空間內寸土必爭，以盡量監察並減少濫權對人權自由的傷害，亦是在打造守護不順服的權利的體制。

3 指香港立法會2014年6月13日審議新界東北前期發展工程撥款，多名示威者抗議期間，涉強行撬開大樓玻璃門，其後有13人遭裁定參與非法集結等罪成立，被判處社會服務令。律政司其後指刑罰過輕提出覆核一案。「3」指的是2014 年9月26日在添馬政府總部附近示威抗議，因涉公民廣場案被判囚的「雙學三子」周永康、黃之鋒和羅冠聰就刑期提出上訴，終審法院最後判三人全部上訴得直，維持裁判法官的原審裁決。

4 〈無權勢者的權力〉，頁110。

在選舉和法律以外，公私營機構的民主化與程序公義等制度安排，以至能確保有尊嚴的基本生活的社會保障，以及民間社會組織發展成可以支撐主流工作消費以外的另類生活選擇，亦是必須的制度性安排，能廣泛地促進或鞏固不順服的權利，例如讓因抗爭而入獄者不用太擔心在獄時和出獄後的家人與朋友、工作和生活；又或讓不願進入條件惡劣的勞工市場的民眾，可在墟市、街道上謀生。

如果我們希望以人權和自由，或守護及擴大民眾不順服的權利，作為社會的發展的最終目標，那麼在抗爭的道路上，爭取議席、資源，訴諸法律或社會行動，都應視作為有助走向願景的手段，而非民主(或抗拒極權)運動的目標。以此願景作為抗爭和培力的方向，可以幫助我們校正工作的重點，在必要時甚至不惜以降低經濟增長、失卻資源議席、承受抗爭行動及法律的代價，都是確保不離棄守護民眾不順服的權利的初心。

需要補充的是，不順服的權利不是無規限的極端個人主義，也不是要求或強迫社會大多數接受少數人的社會理想/烏托邦，亦非只是被動的自由。不順服的權利追求的是以自由人權作社會發展的願景，適用於所有人而非特定的個人或群體，希望所有在不同時間、不同領域不想屈從主流的人，都可以享有作退修的次優生活空間，主動作出生命的選擇。

面對威權管治、極權臨近，民間社會的抗爭與培力，除了可在政府、企業、民間組織守護合理法例規則，爭奪民選議席保衛議會立法公義，改善社會保障制度，編織讓不願順服的個人或社群有尊嚴地生活的民間社會網絡外，還可以嘗試重建成效準則、情感價值，超越經濟化或搵食至上的單一訴求，釐清另類的社會願景，校正抗爭的方向。

2. 拒絕讓謊言成為習慣

雨傘運動之後，接連有青年因參與社會運動或政治抗爭而被判刑收監，包括東北和公民廣場案。部分被判囚的年青朋友，例如黃浩銘、周永康、羅冠聰、黃之鋒，置身社運或民運的領導位置，在當前的政治環境下，興許都有入獄的心理準備。然而，更多陷身或將陷身牢獄的青年，包括不少社運民運「素人」，大多只是在大環境的氛圍下，懷着單純的動機，希望為社會或他人做點事情，卻機緣巧合「被歷史選中」，不經意地成為了「政治犯」。倘若我們想認真地理解、談論這些年輕的政治素人，大可嘗試從他們置身的社會脈絡出發，追溯這些不管是「有意栽花」或「無心插柳」的新一代「年輕政治犯」，是在怎樣的歷史環境下煉成的，同時也可分析在當代艱難的政治局勢下，社會或民主運動可以如何走下去。

在北京政權和全球新自由主義文化大計主導的當代政治經濟脈絡中，香港社會運動或政治抗爭所追求的目標，其實只是一種社會的自我保衛，祈望讓民眾社群和自然生態能夠永續，為此而必須阻止由上而下、經濟科技至上、搗毀環境家園的發展大計，也嘗試抗拒令中環價值獨大、損害民主自由、撕裂社會破壞互信的語言偽術及犬儒文化。換句話說，近年本地社運民運所求的，大概是一種對他人和自然生態友善、真誠、互助共處的人倫或社群關係，抗拒的是鼓吹「搵食至上」、勝者全取的競爭文化，以至各種政治和經濟的不公平狀況，也就是做回社群中的人，積極參與公共政治，而非作只求溫飽、僅為搵食的馴服動物。

循此角度，我們可以重新理解，社運或民運之處處碰壁，意味着政權建制力量劍指的，並非僅是港獨或民主選舉等政治訴求或形式安排，而是同時(也是最終？)針對人性的改造，儘管他們主觀上不一定有此意覺。

改造人性，也就是中央與特區政府念茲在茲的「人心回歸」文化政治工程。表面上，「人心回歸」強調的是重新建立民族情感、愛國精神，但中港兩地不少高幹高官，毫不猶豫送子女親人到外國留學移民，清楚暴露出倡導愛國情懷的虛幻。然而，「他們知道，他們實際上只是在跟循一種虛幻，但仍然，他們正在這樣做」(Žižek)，這大概說明了「人心回歸」工程別有懷抱。正如第二章指出，「人心回歸」的另一層意思，是透過「反政治化」和「去道德化」，推動社會的全面「經濟化」，也就是把樂於參與公共對話、政治行動的人，轉化為埋首勞動、只求搵食的獸。循這角度思考，這項文化工程真正重視的，其實是想消除港人對北京的任何挑戰或威脅(所謂「國家安全」)，以至要求個體對政權的絕對順服，移除民眾積極參與公共政治時所產生的(對管治的)不確定性。為了達致這種「人心回歸」，除了胡蘿蔔(經濟工程、蛇齋餅糉)加大棒(有權盡用、「依法」治港)之外，更重要的是想方設法，嘗試消滅獨立自主的人格，以壓抑個體參與公共政治、連結其他公民的意欲和社會空間。

循此，我們或可以理解，中港政權愈來愈不忌憚以大概他們自己也不相信的謊言，例如「任人唯材」或「覆核刑期不涉政治因素」，與「人心回歸」的文化大計平行並置。這些謊言並非是叫人相信，而是想人習慣。當民眾從厭惡、憤怒轉向無奈、認命，儘管他們對「愛國」仍然是冷漠甚或犬儒，但也同時產生了從公共政治退卻的效果，這或許才是「人心回歸」的文化大計真正希望達致的。

以公民廣場案為例。面對香港民間和國際輿論的龐大壓力，律政司罕有地於報章撰文，嘗試說明覆核雙學三子刑期的決定，完全沒政治考慮。然而，正如陳文敏、郭榮鏗、楊岳橋、張達明等法律界人士指出，由於袁國強迴避了提供選擇覆核雙學三子刑期(而非其他人)的法律理據，也沒有回應是否有及為何否決刑事檢控專員的建議，因此這篇解說並未能釋除公眾對「政治」干預「司法」的疑慮。袁國強的「迴避」，也許反映了想把「政治」與「法律」完全分割，確實並不容易，甚至是一項不可能的任務。

現代法律的訂定，也就是經歷一個政治爭持的立法過程後的產物，當中不同的政治力量都會嘗試影響法律的內容。法律訂定後，司法的過程似乎遠離了政治一點，然而任何法律條文，恐怕都無法鉅細無遺地界定不斷變動的社會的所有狀況，因此審判時自然需要執行者的詮釋，但法官的委任、法官和律師對法律條文和案例的理解，卻難免不受當事者的價值觀念和政治立場影響。學法律出身、曾任職律師的社會學大師韋伯(Max Weber)，很久以前就指出，法律跟有組織的強制(organized coercion)、理性(rationality)與被認可及正常的秩序(legitimized and normative order)密切相關，而法制與政治結構亦相互依存。他進一步分析，現代法律系統的出現，離不開官僚國家的興起，而前者也成為了後者統治社會、強制民眾行為、建立被認可的秩序的重要組成部分。換句話說，現代法律從其誕生日開始，就脱離不了政治(Trubek 1972)。嘗試把法律與政治切割，就正如希望將經濟與道德分離一樣，只是歷史資本主義發展過程中一項無法徹底完成的文化大計。

律政司袁國強眼中的「政治」，可以作兩種解讀。「政治」的表面意義，是指某些黨派的利益或權鬥陰謀，「不涉政治因素」也就是想告訴公眾，覆核雙學三子刑期並非建基於北京或特區政權/建制力量的圖謀；但在另一層意義上，如果「政治」是漢娜·阿倫特所指的結果不可預期的公共參與，那麼說法律「不涉政治因素」，隱含的意思是法律只是技術性的問題，大可交由專家(法官、律師)處理(也就是阿倫特所指的「工作」，見本書第一部分第一節)，公眾無需多言或參與，只管信任便成。

然而，律政司袁國強大概也知道，既迴避又此地無銀的高調回應，很難叫公眾相信「政治」與「法律」完全無關的謊言。不過，不斷重複「政治」與「法律」無關的套話，客觀上也確實產生了一點把「政治」與「法律」分割的效果，至少在論述的層次上；另一個可能產生的效果，是令公眾對由公權力支撐、難以透過「回歸事實」而打破的謊言，逐漸習以為常，無法活出哈維爾意義下的磊落真誠(living in truth)。結果是，我們將有機會生活於滲滿了虛偽和謊話的語言世界，當中「濫權無度叫做依法查辦」，而「人們不需要相信所有這些玄妙，但就一定要表現得好像相信一樣」(哈維爾 1992：頁68–69)。

必需補充的是，儘管法律必然涉及政治，又儘管中港政權的「依法施政」愈來愈令法律的相對獨立性成疑，但我們不應忘記被「依法」投進牢獄多年的哈維爾的忠告：「把法律看成只是一個偽裝，沒有可靠性，因而不屑向它訴求，實際上只會使法律作為偽裝和官樣文章的性質變本加厲，默許法律成為假象世界的組成部分，令那些利用法律佔便宜的人可以從容地享有這種(最虛偽的)藉口」。因為，讓謊言成為習慣的統治模式，「除了假裝守法外已別無他法」(頁110–111)。

結語：回歸人心

人心確實仍未回歸，尤其是年青一代。這除了反映了中港政權的人性改造大計，受制於兩極分化、財富集中以至年輕人難分一杯羹、政權建制的執行者紅而不專、水平有限以至有權盡用、依法治港仍未能建立起被認可的統識，因而失去成效，此外亦呈現出民眾，尤其是年輕人，在面對希望短缺的前景時，還未完全喪失學習和思考的動力。DQ立法會議員以至覆核刑期案，儘管把民選的議員逐出議會，將年輕的生命囚進牢房，但卻也令備受打壓的年輕「政治犯」、他們的同伴和支持者，以至愈來愈多的民眾，逐漸學懂法治的實質和政治的具體操作。他們立意研究和深思法庭的判詞，敢於在各個領域與「專家」對辯，令那些利用法律佔便宜的人難以「從容地享有這種(最虛偽的)藉口」。這些學習和思考的動力、參與公共論爭的意欲，不正是在犬儒困乏的時代，努力「維護生命的目標和人性」的明證？

朋友指出，「東北案和公民廣場案判案令很多人氣餒、憤怒或無力」，隱含的是怎麼走下去的問題。一種讓謊言成為習慣的制度或社會安排，有必要再借用哈維爾的分析，「是一種複雜、深入以及長期的對社會的破壞，又或者說是社會的自我破壞。僅僅提出另一條不同的政治路線，冀求以更換政府來反抗這個制度，不單是不切實際，更是全然不對題，因為這根本搔不着癢處。問題已經不是甚麼路線、甚麼政綱出了毛病，而是生命本身的問題。」(頁103)

如果上述的分析正確，那麼社會自我保護運動要走下去的話，可考慮遵循哈維爾的建議，也就是在日常生活的各個方面，盡力「維護生命的目標，維護人性」(頁103)。這是抗拒謊言世界的更根本和有效的工作。抗拒讓謊言成為習慣，單靠揭露謊言之不可信是不足夠的，因為習慣一經形成，判斷或做事就會不經思考，也不會對習已為常的工作提問，自然亦不需學習。因此，抗拒把謊言成為習慣，也就必須時刻保持學習和思考的熱情和動力。

抗議制度暴力或實踐公民抗命的社運民運領袖，又或只是想為社會的未來做點事情的政治素人，入獄後大概都會收到可在牢中多讀點書和沉下思考的建議。其實，在這謊言逐漸成為習慣的年代，相同的建議，對我們這些在小牢獄以外的同伴或支持者，以至公眾來說，其實一樣適用。

參考資料

Abelson, Donald E.(2002): *Do Think Tanks Matter? Assessing the Impact of Public Policy Institutes*, Montreal &Kingston/London/Ithaca: McGill-Queen's University Press.

Abelson, Donald E.(2004); "The Business of Ideas: the Think Tank Industry in the USA," in Diane Stone and Andrew Debham eds. *Think Tank Traditions – Policy Research and the Politics of Ideas*, Mancester University Press, pp. 215–231.

Adamson, Walter L.(1980): "Gramsci's Interpretation of Fascism," *Journal of the History of Ideas*, Vol. 41, No. 4, pp. 615–633.

Ahmed, Sara(2004): *The Cultural Politics of Emotion*, London and New York: Routledge.

Altshuler, Roman(2009): "Political Realism and Political Idealism: The Difference that Evil Makes", *Public Reason* 1(2), pp. 73–87.

Appadurai, Arjun(2009): "Fear of Small Numbers," in Jennifer Harding and E. Deidre Pribram eds. *Emotions: A Cultural Studies Reader*, London and New York: Routledge, pp. 235–250.

Arendt, Hannah(1958). *The Human Condition*. Chicago: University of Chicago.(中譯：《人的境況》，王寅麗譯，上海人民出版社，2009)

Arendt, Hannah(2004/1951): *The Origins of Totalitarianism*, NY: Schocken Books(中譯：《極權主義的起源》，2008，北京：三聯書店)。

Arendt, Hannah(1963): *Eichmann in Jerusalem: A Report on the Banality of Evil.*(Rev. ed. New York: Viking, 1968.)

Bourdieu, Pierre(2005): *The Social Structures of the Economy*, Cambridge, UK: Polity Press.

Brown, Wendy(2015): *Undoing the Demons – Neoliberalism's Stealth Revolution*, NY: Zone Books, pp. 17–45.

Calıskan, Koray and Michell Collon(2009): "Economization, part 1: shifting attention from the economy towards processes of economization", *Economy and Society*, Vol. 38, No. 3, pp.369–398.

Douzinas, Costas and Slavoj Žižek(2010): "Introduction: The Idea of Communism," in Costas Douzinas and Slavoj Žižek eds. *The Idea of Communism*, London and New York: Verso.

Du Gay, Paul(2000): *In Praise of Bureaucracy – Weber, Organization, Ethics*, London/Thousand Oaks/New Delhi: SAGE Publications.

Dumont, Louis(1977): *From Mandeville to Marx: The Genesis and Triumph of Economic Ideology*, University of Chicago Press.

Fraser, Nancy(1999): "Social Justice in the Age of Identity Politics: Redistribution, Recognition, and Participation," in Larry Ray and Andrew Sayer eds. *Culture and Economy After the Cultural Turn*, London/Thousand Oaks/New Delhi: SAGE Publications, pp. 25–52.

Furedi, Frank(2004): *The Therapy Culture – Cultivating Vulnerability in an Uncertain Age*, London and New York: Routledge.

Gibson-Graham, J.K., Stephen A. Resnick and Richard D. Wolff(2000): "Introduction: Class in a Poststructuralist Frame," in J.K. Gibson-Graham, Stephen A. Resnick and Richard D. Wolff eds. *Class and Its Other*, Minneapolis and London: University of Minnesota Press.

Grossberg, Lawrence(2010): "Considering Value: Rescuing Economies from Economists," *Cultural Studies in the Future Tense*, Durham and London: Duke University Press.

Harvey, David(2005): *A Brief History of Neoliberalism*, Oxford University Press.

Havel, Václav. [1978] 2010. "The Power of the Powerless." In *The Power of the Powerless(Routledge Revivals): Citizens Against the State in Central Eastern Europe*, by Vaclav Havel et al, 1–59. New York: Routledge.(中譯：哈維爾(1992)：〈無權勢者的力量〉，《哈維爾選集》，香港：基進出版社，頁146。)

Hayek, F . A(1994a): *The Road to Serfdom*, The University of Chicago Press . 中譯可參閱王明毅等人的譯本，《通往奴役之路》，中國社會科學出版社，1997。

Hayek, F . A .(1994b): *Hayek on Hayek – An Autobiographi cal Dialogue*, edited by Stephen Kresge & LeifWenar, University of Chicago Press, pp. 108–123.

Hobsbawn, Eric(1996): *The Age of Extremes: A History of the World, 1914–1991*, New York: Vintage Books.

Hui, Po Keung and Lau Kin Chi(2015): "'Living in truth' versus realpolitik: limitations and potentials of the Umbrella Movement", *Inter-Asia Cultural Studies*, Vol. 16, Issue 3, pp. 348 –366.

Keynes, John(2004): *The End of Laissez-faire – The Economic Consequences of the Peace*, New York: Prometheus Books.

Krugman, Paul(2007): "Who was Milton Friedman?", *The New York Review of Books*, Feb., http://www.nybooks.com/articles/archives/2007/feb/15/who-was-milton-friedman/?pagination=false.

Krugman, Paul and Robin Wells(2012): "The Widening Gyre: Inequality, Polarization, and the Crisis," in Janet Byrne ed. *The Occupy Handbook*, NY: Back Bay Books, pp. 7–17.

Laclau, Ernesto(1977): "Fascism and Ideology", in *Politics and Ideology in Marist Theory: Capitalism, Fascism*, Populism, NY: Verso.

Laclau, Ernesto(2005): *On Populist Reason*, London and New York: Verso.

Marazzi, Christian(2008) : *Capital and Language*, Los Angeles: Semiotext(e).

Marcuse, Herbert(1998): "State and Individual under National Socialism" and "The New German Ideology," in *Technology, War and Fascism*, London and New York: Routledge.

Masumi, Brian(2014): *The Power at the End of the Economy*, Duke University Press.

Parekh, Serena(2008): *Hannah Arendt and the Challenge of Modernity*, London and New York: Routledge.(中譯，《阿倫特與現代性的挑戰》，張雲龍譯，江蘇人民出版社)

Polanyi, Karl(1935): "The Essence of Fascism," in *Christianity and the Social Revolution*, London: Gollanez, pp. 359–394.

Polanyi, Karl(1957): *The Great Transformation : The Political and Economic Origins of Our Time*, Boston, MA : Beacon Press.(中譯：波蘭尼 2001，《大轉型——我們時代的政治與經濟起源》，馮鋼、劉陽譯，杭州：浙江人民出版社)

Reich, Wilhelm(1970): *The Mass Psychology of Fascism*, Preface, chapters I–II, New York: Farrar, Straus and Giroux.

Sloterdijk, Peter(1987): *Critique of Cynical Reason*, London and Minneapolis: University of Minnesota Press.

Smith, Adam(1976): *An Inquiry into the Nature andCauses of the Wealth of Nations*, Ed. R. H. Campbelland A.S. Skinner, Oxford: Clarendon Press(中譯：《國民財富的性質和原因的研究(上下卷)》，郭大力 王亞南譯，北京：商務印書館，1994)

Stiglitz, Joseph E .(2002): "Employment, Social Justice and Societal Well-being, " *International Labour Review*, Vol . 141, No . 12, pp . 9–29.

Stone, Diane(2001): "Think Tanks, Global Lesson-Drawing and Networking Social Policy Ideas," *Global Social Policy*, 1; pp. 338–360. http://gsp.sagepub.com/cgi/content/abstract/1/3/338

Taggart, Paul (2000): *Populism*, Buckingham: Open University Press.
Trubek, David M. (1972): "Max Weber on Law and the Rise of Capitalism". *Faculty Scholarship Series (Yale Law School). Paper 4001.* http://digitalcommons.law.yale.edu/fss_papers/4001
Werhane, Patricia H. (1991), *Adam Smith and His Legacy for Modern Capitalism*, Oxford University Press.
Young, Iris (1990): *Justice and the Politics of Difference*, Princeton & Oxford: Princeton University Press.
Young-Bruehl, Elisabeth (2009): *Why Arendt Matters*, Yale University Press. (中譯，揚-布魯爾，《阿倫特為甚麼重要》，劉北成、劉小鷗譯，江蘇：譯林出版社，2008)
Žižek, S. (1989): *The Sublime Object of Ideology*. London; New York: Verso.
Žižek, S. (2013): *Demanding the Impossible*, edited by Yong-june Park, Polity Press.,
Žižek, Slajov (2010): "How to Begin from the Beginning," in Costas Douzinas and Slavoj Žižek eds. *The Idea of Communism*, London and New York: Verso.
Žižek, Slajov (2012): *The Year of Dreaming Dangerously*, London and New York: Verso.
Žižek, Slajov (2013): "The simple courage of decision: a leftist tribute to Thatcher," *NewStatesman*, 17.4.2013, http://www.newstatesman.com/politics/politics/2013/04/simple-courage-decision-leftist-tribute-thatcher.

中文參考書

何春蕤、甯應斌(2012)：《民困愁城》，台北：台灣社會研究雜誌社。
許寶強(2007a)：《資本主義不是甚麼》，上海：上海人民出版社。
許寶強(2007b)：〈自由競爭的真義〉，《讀書》，2007年第4期，頁3–11。
許寶強(2009)：《告別犬儒──香港自由主義的危機》，香港：牛津大學出版社。
許寶強(2010)：《限富扶貧──富裕中的貧乏(新編)》，香港中文大學香港亞太研究所。
許寶強(2012)：《告別犬儒續篇》，香港：牛津大學出版社。
許寶強(2013)：〈文化經濟學與情緒政治──否想香港的新自由資本主義〉，未刊稿。

許寶強(2014)：〈民粹政治與犬儒文化──為香港「新自由主義」「埋單」〉，《人間思想》，第六期(春季號)。
許寶強(2015)：《缺學無思──香港教育的文化研究》，香港：牛津大學出版社。
許寶強(2017)：〈離棄「人心」的「回歸」──政治化的污名與經濟化的困局〉，收於羅金義編，《回歸二十年：香港精神的變易》，香港：香港城市大學出版社。
黃庭康(2008)：《比較霸權：戰後新加坡及香港的華文學校政治》，台北：群學。
齊澤克(Slavoj Žižek 2007)：〈抵禦民粹主義誘惑〉，齊澤克，查日新譯，《國外理論動態》2007 年第9期。
劉祖雲(2009)：《香港社會的弱勢群體及其社會支持》，北京：北京大學出版社。
譚兵(2009)：《香港、澳門、內地社會援助比較研究》，北京：北京大學出版社。